Maja Lunde • Als die Welt stehen blieb

Maja Lunde

ALS DIE WELT STEHEN BLIEB

Aus dem Norwegischen
von Ursel Allenstein

btb

Mittwoch, 11. März

Der Alarm schrillt. Eine Lautsprecherdurchsage fordert uns auf, das Gebäude zu verlassen, während die Bibliothekarin hektisch hin- und herläuft. Hören Sie nicht darauf, sagt sie, das ist ein Fehler, die Mitarbeiter haben jetzt Feierabend, aber Sie dürfen noch bleiben, heute gelten ja die verlängerten Öffnungszeiten. Doch die Stimme tönt weiter aus dem Lautsprecher. *Die Bibliothek schließt in Kürze, bitte verlassen Sie das Gebäude.* Nein, nein, wiederholt die Bibliothekarin und lächelt entschuldigend, ich weiß nicht, was los ist, die Anlage wird zentral gesteuert, Sie können einfach sitzen bleiben.

Ich sollte aber gehen. Der Jüngste kommt bald von der Nachmittagsbetreuung zurück, der Mittlere hat bestimmt wieder beim Spielen alles um sich herum vergessen und noch kein Mittagessen gehabt. Außerdem habe ich den ganzen Tag kein einziges Wort geschrieben. Ich springe von einem Dokument zum nächsten, von dem Theaterstück, das ich gerade schreibe, zu dem Roman, mit dem ich endlich anfangen will. Doch die Onlinemedien lenken mich ab, und selbst wenn ich am Laptop das Internet ausschalte, greife ich ständig nach meinem Handy. Ich kann es einfach nicht lassen, es ist zu einem Teil von mir geworden, wie eine Prothese. Nein, eine Nabelschnur … die mich mit Nährstoffen versorgt, mit den Empfehlungen und Auflagen der Gesundheitsbehörde. Aber auch mit Angst.

Schließt die Schulen, schreiben Menschen in meinem Umfeld, *schließt die Schulen, bevor es zu spät ist.*

Ich chatte mit Freundinnen. Versuche ein bisschen zu scherzen. Will wissen, wie es den Menschen geht, die mir am Herzen liegen, und schicke Mitteilungen in die Familiengruppe, die aus meinem Vater, meiner Bonusmutter und meinen beiden Brüdern besteht, und unseren Partnerinnen und Partnern. Ich habe ein solches Bedürfnis, von ihnen zu hören. Vor allem von meinem jüngsten Bruder. Er hat vier Kinder. Die beiden Jüngsten sind Zwillinge. Um den kleineren der beiden machen wir uns Sorgen, seit er geboren ist. Er wird viel zu leicht krank. Er kann immer noch nicht laufen. Wir ängstigen uns um ihn, auch wenn wir es nicht laut aussprechen.

Während ich chatte, trudeln die Absagen ein. *Abgesagt, abgesagt, abgesagt.* Alle Veranstaltungen, die ich besuchen wollte, werden abgesagt, alles verschwindet. Und dann ertönt die Lautsprecherdurchsage ein weiteres Mal. Die Bibliothek leert sich. Das Handy ist schon ganz warm in meiner Hand. Mein Daumen schmerzt. Endlich klappe ich den Laptop zu, der längst in den Standby-Modus gesunken ist, und packe meine Tasche. *Bitte verlassen Sie das Gebäude.* Die Bücher werfen mich raus, denke ich, während die Schiebetüren hinter mir zugleiten.

Draußen weht ein kalter Wind, ich stapfe hastig bergauf nach Hause. Unterwegs rufe ich meinen Vater an. Er gehört zur Risikogruppe, ist 71 Jahre alt und hat Asthma. Er möchte in sein griechisches Ferienhaus, die Flugtickets sind schon gebucht, er will noch im März fliegen. Dorthin sehnt er sich in den langen, dunklen Wintermonaten, wenn er seine zehn Enkelkinder in Kindergärten und Horte bringt, wenn er laufende Nasen abwischt und dreckige Gummihosen reinigt. Mein Vater fährt nicht mal Ski, er denkt an nichts anderes als an das Haus dort unten, an die Insel, den Frühling, der so früh kommt. Und er freut sich. Du kannst nicht dorthin, sage ich. Lieber Papa, du kannst nicht dorthin, allein der Gedanke macht mir schon Angst. Stell dir vor, du wirst dort krank. Ich sehe es schon vor mir, wie du da liegst, auf der Insel, krank und allein. Mal abwarten, erwidert Papa, mal abwarten.

Wir legen auf, und mein Finger sucht in den Kontakten nach meiner Mutter. Sie wird am Freitag siebzig. Auch sie gehört zur Risikogruppe, aufgrund ihres Alters und einer Vorerkrankung. Wir sprechen darüber, wie wir jetzt feiern sollen. Vielleicht können wir nicht ins Restaurant gehen, wie wir es eigentlich vorhatten. Wir müssen das Beste draus machen, sage ich, du wirst immerhin siebzig. Ja, erwidert sie, stell dir vor, ich werde siebzig, das ist so unwirklich, Maja.

Donnerstag, 12. März

Die Ministerpräsidentin sagt: *Wir müssen uns darauf vorbereiten, dass wir heute die einschneidendsten und härtesten Maßnahmen treffen werden, die je in Friedenszeiten in Norwegen getroffen wurden.*

Mein Mann und ich sitzen im Auto. Er umklammert das Lenkrad mit beiden Händen, ich habe meine in die Hosentaschen gesteckt. Wir schweigen, haben uns gerade gestritten, über irgendeine praktische Angelegenheit, aber eigentlich ging es um uns. Der gleiche Streit wie immer, bei dem ich nachgebe und er stur bleibt, wie wir es schon immer tun, seit wir vor fast 23 Jahren zusammenkamen. Aber heute war der Streit schlimmer als sonst, und er lässt mich nicht mehr los, bringt mich zum Zittern, zum Schwitzen, während wir der Pressekonferenz der Ministerpräsidentin lauschen. Vielleicht ist es auch nicht der Streit, der mich zittern lässt, sondern es sind die Worte der Ministerpräsidentin.

Es ist zu viel, es geschieht tatsächlich und ist doch nicht zu glauben. Ich reiße mich zusammen, die ganze Zeit reiße ich mich zusammen. Aber als wir vor unserem Haus halten und sitzen bleiben und weiter zuhören, nachdem der Motor längst ausgeschaltet ist, fange ich an zu weinen.

Das erinnert an das Attentat vom 22. Juli, denke ich. Das erinnert an 9/11. Trotzdem kann man es nicht vergleichen, weil es kein einzelnes Ereignis ist. Ereignisse geschehen, Ereignisse gehen vorüber, es liegt in der Natur der Ereignisse, dass sie vorübergehen. Aber dies scheint etwas zu sein, was gekommen ist, um zu bleiben.

Kann ich den Schock beschreiben? Das Unwirkliche? Das Gefühl des Unwirklichen? Dass mir etwas widerfährt, mir, und doch einer anderen. Dass man sich selbst von außen betrachtet. Das ist ein Klischee. Und ich sehe gar nicht mich selbst von außen, ich sehe uns alle, das ist ein Film, eine fiktive Geschichte, eine Geschichte, wie ich sie selbst hätte erfinden können. Wie soll ich jetzt schreiben, keine meiner Geschichten kann das übertreffen.

Wir schließen die Autotüren und gehen hinein. Im Flur liegen lauter fremde Schuhe verstreut. Das Haus ist voll, der Älteste hat fünf seiner Freunde mitgebracht, nachdem die Schule geschlossen wurde. Ich laufe umher, versuche mich ein bisschen um jeden von ihnen zu kümmern, frage, wie es ihnen geht. Diese großen, schlaksigen Jungs mit ihren stimmbrüchigen Stimmen und ihren unbeholfenen Bewegungen haben einen großen Mitteilungsdrang. Und das Bedürfnis, zusammen zu sein. Sie hocken dicht gedrängt auf dem Sofa und gucken einen Film, eine Komödie. Ich weiß nicht, was ich mit den ganzen großen Körpern machen soll, die so nah beieinandersitzen. Ich rufe eine andere Mutter an. Ich will sie nicht rauswerfen, sage ich, aber vielleicht bleibt mir nichts anderes übrig? Du musst ihnen sagen, dass sie gehen sollen, meint sie sehr bestimmt, sie müssen nach Hause, getrennt voneinander. So ist das jetzt. Ja, sage ich und stehe auf. Ich fühle mich nicht viel älter als die Jungs, als ich diese Ansage mache, unbeholfen und entschuldigend. Ich bringe sie zur Haustür, plaudere nett mit ihnen, erkläre, es sei am besten, wenn sie sich draußen träfen, sie könnten ja zusammen einen Spaziergang machen, kicken, solche Sachen. Ein Lagerfeuer im Wald vielleicht. Sie nicken. In den Wald gehen, ja, das können wir machen. Sie wollen tatsächlich einen Ausflug in den Wald machen, die Fünfzehnjährigen.

Ich schreibe einen Roman über eine Krankheit, der in Spitzbergen spielt. Eine kleine Dorfgemeinschaft wird im Jahr 2110 von einer Epidemie heimgesucht. Nur wenige Menschen überleben, und meine Geschichte soll von diesen Überlebenden handeln. Es ist der vierte Teil meiner Romanserie, der die drei früheren miteinander verbinden soll, wie ein Puzzlespiel, in dem alle Teile ein großes Bild ergeben, eine vollständige Erzählung, sage ich immer. Seite um Seite mit Notizen, ein klarer Erzählrahmen, eine charakteristische Hauptfigur. Ich hatte die völlige Kontrolle über dieses Buch.

Abends essen wir Tacos. Es duftet wie an einem Freitag. Mein Mann versucht, ein paar Corona-Scherze zu machen, um die Stimmung aufzulockern. Ich bin irritiert und versuche es zu verbergen. Er findet mich sicher zu ernst. Vielleicht ist auch er irritiert und verbirgt es. Das war gut, sage ich, jetzt bin ich aber satt. Allerdings habe ich schon nach zwei Stunden wieder Hunger. Es ist, als würde der Körper vor lauter Angst besonders viel verbrennen.

Nach dem Essen legt sich mein Mann hin. Mir ist ein bisschen warm, sagt er. Mir auch, sage ich, und es ist, als hätte ich einen Druck auf der Brust. Glaubst du, das geht gerade allen so? Wir umarmen uns, lächeln unsicher, mir hängt noch immer der Streit nach. Ich lege meine Hand auf seine Stirn. Bin ich warm, fragt er. Nein, antworte ich. Das innere Fieber, sagt er. Du mit deinem inneren Fieber, sage ich. Jetzt lächeln wir richtig, umarmen uns erneut. Es ist eine Umarmung ohne Hintergedanken, denke ich, eine Umarmung, die nichts wiedergutmachen muss.

Mein Vater schreibt eine Nachricht in den Familienchat: »Hallo, ihr Lieben. Norwegen hat entschieden, dass ich nicht nach Griechenland fahren sollte. Und ich habe es auch. Danke, dass ihr euch so um mich sorgt. Grüße, Opa.«

Ich bilde mir ein, die erleichterten Seufzer meiner Brüder durch den Äther zu hören, als sie beide sofort antworten: »Das klingt vernünftig!«, und: »Die Nation dankt dir!« »Gut zu hören«, schreibe ich und setze einen Punkt dahinter. Eigentlich hätten es drei Ausrufezeichen sein müssen.

Die ganze Familie schaut Nachrichten. Wir versammeln uns um den Fernseher wie um ein Lagerfeuer. So bleiben wir auch während der gesamten Sondersendung im Anschluss sitzen, und als sie zu Ende ist, wollen wir mehr. Aber die beiden Jüngeren müssen ins Bett. Wir sollten die Nacht nicht zum Tag machen, sage ich, wir müssen uns vorstellen, morgen wäre ein ganz normaler Tag. Ich lese dem Jüngsten etwas vor, zwei Kapitel, mit hektischer Stimme. Ich werde die ganze Zeit wie magisch vom Fernseher und vom Handy angezogen, will aus dem Zimmer. Der Jüngste quengelt, ich solle noch mehr lesen. Nein, sage ich, jetzt muss ich die Nachrichten sehen, gute Nacht. Ich umarme ihn und gehe zur Tür. Er ruft, er wolle noch einmal umarmt werden. Gute Nacht, sage ich, du musst jetzt wirklich schlafen. Das war kein schönes Ins-Bett-Bringen, sagt er. Ich setze mich aufs Sofa und bereue es und weiß, dass ich das anders machen müsste, aber ich schaffe es nicht, nicht heute. Stattdessen bleibe ich mit dem Handy und dem Laptop vor dem laufenden Fernseher sitzen. Mein Mann kommentiert, Jonas Gahr Støre von der Opposition würde sich in der Debatte gut schlagen, aber ich bekomme nicht mit, was er sagt. Ich bekomme gar nichts mit.

Ich kann nicht schlafen, gehe im Wohnzimmer auf und ab. Außer mir ist niemand wach. Nicht hier, aber vielleicht anderswo. Ich trage eine große Last. Es ist die Last all dessen, das ich auf uns zukommen sehe. Wir alle tragen die Last unseres gemeinschaftlichen Schocks, und es hilft nichts, dass wir sie gemeinsam tragen, wir alle, die wir in diesem Moment in einem stillen Haus von Zimmer zu Zimmer gehen.

Ich öffne die Terrassentür und gehe hinaus. Ein unglaublich heller Stern erleuchtet den Himmel im Westen. Oder ist es ein Flugzeug oder Hubschrauber? Ich bleibe lange stehen und betrachte den leuchtenden Punkt. Er bewegt sich nicht. Es ist tatsächlich ein Stern. Doch er ist so groß, so strahlend, ich kann mich nicht erinnern, ihn je gesehen zu haben.

Ich steige die Treppe hinab, trete auf den Rasen hinaus, drehe mich zu den erleuchteten Fenstern um. Ein zweistöckiges Haus, ein ziemlich verwilderter Garten, den eine Thujahecke, die wir »die Mauer« nennen, abschirmt von der Straße. Der frühere Eigentümer hatte die Hecke gepflanzt und viel zu groß werden lassen.

Jetzt können wir sie nicht mehr stutzen, denn dann würde sie eingehen, so ist das mit Thuja. Überall im Garten liegen Steine, kleine und große, als hätte sie jemand wild durch die Gegend geschleudert. Das Haus, die Hecke, der Garten; das ist alles, was existiert.

Freitag, 13. März

4:03 Uhr. Ich hole tief Luft, stecke in einem Traum fest. Nein, es ist kein Traum. Es ist eine andere Wirklichkeit. Ich bleibe im Bett liegen, merke aber schnell, dass ich nicht wieder einschlafen kann, ehe ich nicht aufgestanden bin, ein bisschen in einem Buch gelesen, ein Glas Wein getrunken, eine Kleinigkeit gegessen habe. Also krieche ich aus dem Bett, esse eine Banane, trinke etwas Wasser. Aber ein Buch nehme ich nicht in die Hand. Ich schalte nur wieder das Handy ein, der Bildschirm ist das einzige Licht im Zimmer. Ich scrolle, suche nach Wörtern, die einen Sinn ergeben, finde aber keine.

A blessing in disguise. Genau diese Worte gehen mir schon seit Februar wieder und wieder durch den Kopf. Auf Englisch. Mit großem Pathos ausgesprochen, wie in einem Hollywood-Film. Wir wissen schon lange, dass wir uns verändern müssen, ohne es hinbekommen zu haben. Jetzt sind wir dazu gezwungen. Wir haben uns immer wieder gefragt, wie wir es schaffen könnten, nicht mehr Auto zu fahren, zu fliegen, zu kaufen und zu konsumieren, und das war die Antwort. Sie gefällt mir nicht.

Unser mittlerer Sohn stürzt sich noch vor dem Frühstück ins Homeschooling. Erledigt seine Aufgaben, so schnell er kann. Der Jüngste schmollt, wir müssen drängeln und drohen. Ihn locken und überlisten. Mein Mann ist in Gedanken woanders. Bei den Mitarbeitern der Firma, in der er arbeitet. Er bräuchte die Möglichkeit, sich ins Homeoffice zurückzuziehen, aber ich muss zum Arzt. Ein Knoten in der Brust. Eine Zyste, ich weiß, dass es eine Zyste ist. Ich hatte schon mal eine. Trotzdem muss sie untersucht werden, und den Termin hatte ich schon vor zwei Wochen vereinbart. Jetzt sitze ich hier, habe das Gefühl, die Zeit der Ärztin für etwas in Anspruch zu nehmen, das bestimmt nicht gefährlich ist, dabei wird sie sicher andernorts gebraucht, von anderen Patienten. Meine wunderbare Ärztin versichert mir aber, dass es trotz allem richtig war zu kommen. Die Radiologen beim Screening wissen sowieso nicht, wie man ein Beatmungsgerät bedient, erklärt sie lächelnd.

Auf dem Rückweg rufe ich meine Mutter an, um ihr zum Geburtstag zu gratulieren. Und um mich zu erkundigen, ob sie sich ganz sicher ist, dass sie uns heute treffen will. Ich erzähle, dass mein Mann gestern leichtes Fieber hatte. Wir glauben, es ist nichts Ernstes, erkläre ich ihr, zu dieser Jahreszeit sind sowieso alle erkältet, aber zur Sicherheit? Ich werde immerhin siebzig, erwidert sie, ich möchte gern feiern. Ja, sage ich, aber das ganze Land schränkt sich ein, um Menschen wie dich zu schützen. Ich weiß, sagt sie, es ist nur so ungewohnt, meinst du denn, wir sollten es lieber bleiben lassen? Ich weiß nicht, antworte ich, ich kann dir diese Entscheidung nicht abnehmen, das musst du bestimmen. Aber jetzt ist er wieder ganz gesund, fragt sie. Ja, heute fühlt er sich ganz normal, und ich glaube sowieso, dass er sich das nur eingebildet hat. Es wird schon nichts passieren, sagt sie. Ja, sage ich, es wird schon nichts passieren, aber du musst das entscheiden, es ist dein Leben, im wahrsten Sinne des Wortes. Sie lacht.

Was ist eigentlich mit Oma, frage ich sie anschließend, hast du im Pflegeheim angerufen? Das habe ich noch vor, antwortet meine Mutter, aber es geht ihr dort sicher gut. Und sie bekommt von alldem ja ohnehin nichts mit.

Meine Großmutter erinnert sich an so wenig. Eine Stimme, ein Lächeln, manchmal. Und die Jungen, an die erinnert sie sich, dass es Jungen sind, dass sie es gern hat, wenn die Jungen kommen. Sie bringen sie immer zum Lachen.

Videokonferenz hinter verschlossener Tür. Vier Stimmen, mein Mann ist ruhig, seine Stimme eine Nuance tiefer als sonst. Aber es klingt, als müsste er alles, was er sagt, mühsam hervorpressen, als würde er seine Stimme auf eine ungesunde Weise einsetzen. Ein Sprechcoach hätte das sicher angemerkt, denke ich, hätte gesagt, du musst mehr Luft rauslassen, mit dem Bauch atmen.

Es ist so beengt im Haus, ich gehe auf die Veranda. Der Älteste folgt mir, bleibt in der Tür stehen. Ist es nicht komisch, dass alles normal aussieht, sage ich. Hör mal, die Amsel, die singt wie immer, obwohl alles anders ist. Vieles ist immer noch normal, Mama, das ist schließlich keine Apokalypse, oder siehst du irgendwelche Zombies durch die Straßen wandeln? Nein, sage ich, stimmt wohl, die sehe ich nicht.

Ich chatte immer wieder mit meinen Freundinnen, über den ganzen Tag verteilt, mit Hilfe unserer Handys halten wir uns an den Händen. Ich bekomme sofort eine Antwort, von allen, ich spüre ihre Hände in meinen.

Wir feiern Mamas siebzigsten Geburtstag in unserer Küche, bestellen gutes Essen aus dem Restaurant. Der Lieferdienst kommt schon um zehn vor fünf, ist früh dran. Wir schmücken mit Luftschlangen und lassen einen Champagnerkorken knallen. Ich habe kleine Tröten gekauft, solche aus Papier, die sich vor dem Mund ausrollen, wenn man hineinbläst. Der Jüngste nervt den Ältesten während des gesamten Essens, indem er ihm direkt ins Ohr trompetet. Schließlich müssen die Tröten weg. Lagerkoller, denke ich, sie haben jetzt schon einen Lagerkoller. Obwohl das eindeutig meine Schuld war, ich hätte ahnen müssen, dass die Tröten für Ärger sorgen. Ich begreife nicht, warum ich nicht daran gedacht habe, dabei wollte ich doch nur alles richtig machen, ein schönes Fest veranstalten.

Ich versuche, nicht zu schimpfen, sondern ruhig zu sprechen, und gleichzeitig werfe ich dem Jüngsten einen bösen Blick zu und hoffe, dass meine Mutter es nicht sieht und traurig wird.

Immerhin tragen die Jungs alle einen Anzug. Ich habe die Haare hochgesteckt und ein Kleid angezogen. Wir singen für Mama, lassen sie hochleben, singen *Hurra for deg*, und ich glaube, sie genießt es.

Wir singen auch beim Händewaschen *Hurra for deg*. Das Lied dauert zwanzig Sekunden. Und genauso lange sollen wir uns die Hände waschen, empfiehlt die Gesundheitsbehörde. Die Kinder dürfen sich aussuchen, ob sie dieses Lied singen oder zweimal hintereinander *Happy Birthday*. Meistens entscheiden sie sich für Letzteres. *Happy Birthday, dear Corona,* singen sie, während die Seife zwischen ihren Fingern schäumt.

Sechs Leute am Tisch. Jetzt gibt es nur noch uns sechs auf der Welt. Zu allen anderen halten wir Abstand. Und eigentlich sollten wir auch zu meiner Mutter Abstand halten. Aber das muss bis morgen warten. Sie möchte uns so gern umarmen, möchte die Kinder umarmen. Ich denke die ganze Zeit, dass sie zu nah bei ihr stehen, und sie fassen sie an, tätscheln ihren Arm und sitzen zu dicht neben ihr, als wir die Nachrichten sehen.

Am Bahnhof von Bergen werden zwei junge Studenten interviewt. Sie konnten gerade noch Tickets für den Nachtzug ergattern. Wir sind so erleichtert, dass wir nach Hause können, sagen sie. Alles ging so schnell, ich habe Mama und Papa angerufen, diese Vorstellung, dass die Stadt geschlossen wird, ich musste einfach nach Hause. Sie haben Tränen in den Augen.

Nach Hause zu Papa und Mama. Ja, seht zu, dass ihr nach Hause kommt, denke ich, alle brauchen jetzt ihre Eltern, selbst die großen Kinder.

Ich begleite meine Mutter nach Hause. Es ist so still. Eine Stille, die nicht in diese Stadt gehört, außer mitten in der Nacht, wenn alle schlafen. Normalerweise mag ich die Stille, ich suche sie sogar. Aber jetzt vermisse ich die Autos, die ratternde U-Bahn, die eiligen Schritte auf dem Asphalt.

Am Himmel ist ein Flugzeug zu sehen. Wir fliegen fast gar nicht mehr, denke ich. Wer wohl jetzt dort drin sitzt, jemand, der es eilig hat, nach Hause zu kommen? Ich denke an die Menschen, die in der Nähe des Flughafens wohnen. Wie still es jetzt bei ihnen sein muss. Ich sehe sie vor mir, wie sie in Liegestühlen draußen liegen, in Decken gehüllt, unter den Sternen, und sich an der Stille erfreuen.

Bei meiner Mutter an der Haustür hängen vier Blumensträuße. Die Nachbarn strecken ihre Köpfe heraus und sagen, den ganzen Nachmittag seien Boten gekommen. Sie fragen meine Mutter, ob sie ihr Vasen leihen sollen. Nein, nein, sagt sie. Ich habe so viele. Dann öffnen wir die Pakete, es sind mehrere große Gestecke. Ich kürze Rosen und steche mich an den Dornen. Schließlich müssen wir doch bei den Nachbarn klingeln und fragen, ob sie uns mit Vasen aushelfen. Aber natürlich, sagen sie. Und klingeln Sie einfach bei uns, wenn etwas sein sollte, jederzeit.

Allein auf den Straßen, auf dem Rückweg zu meinem eigenen Haus, sehe ich keine anderen Fußgänger. Keine Autos. Doch der Himmel wird wieder von diesem Stern erleuchtet. Das muss die Venus sein, denke ich, die gar kein Stern ist, sondern ein Planet. Nur sie kann so strahlen. Und mitten auf dem Weg, zwischen zwei Laternen, steht eine Katze. Ihr Körper ist ein Strich zwischen zwei identischen Schatten, ein Rorschach-Muster auf dem Asphalt. Vollkommen reglos steht sie da. Ich gehe langsam auf sie zu. Sie späht zu irgendetwas hinter einem parkenden Auto, einer anderen Katze. Beide sind erstarrt. Sie leben in ihrer eigenen Welt, und jetzt lässt unsere Welt der ihren plötzlich mehr Raum. Für ihre Rivalität, ihre Instinkte. Dann saust ein Radfahrer in hohem Tempo den Hang hinab. Die Katze hinter dem Auto wird aufgescheucht und verschwindet in der Dunkelheit. Plötzlich sieht sie so aus, als hätte sie eine Mähne, wie ein Löwe, aber das muss ich mir einbilden.

In allen Häusern brennt Licht. Hin und wieder sehe ich Silhouetten von Menschen, die sich bewegen. Jedes Haus ist eine Insel.

Samstag, 14. März

Ich werde um sieben wach, nach viel zu wenigen Stunden im Bett. Irgendjemand rumort schon im Haus. Ich stehe auf. Die beiden Jüngeren sind wach. Wir sitzen lange in der Sofaecke und lesen.

Doch dann schaffe ich es nicht, mein Handy zu ignorieren. Die Italiener singen. Sie öffnen die Fenster und singen in die Straßen hinaus, mehrstimmig. Ich weine, während ich mir das Video ansehe. Ich weine über Menschen, die zusammenhalten, obwohl sie nicht zusammen sein können. Und ich weine aus Erleichterung darüber, dass wir nicht eingesperrt sind.

Anschließend singe ich im Bad. Die Akustik dort drinnen ist gut, und das Selbstbewusstsein angesichts meiner eigenen Stimme steigt mit jedem Ton, den ich (zu) treffe(n glaube). Das Lied der Italiener erinnerte mich an *Udsikter fra Ulriken*, das Lied der Stadt Bergen, weshalb ich es jetzt aus vollem Hals singe. *Ich ergriff meine neugestimmte Zither, der Kummer verging auf dem Gipfel des Ulriken.* Ich erinnere mich nur an die erste Strophe, den Rest singe ich ohne Text. Aber in einem anderen Zimmer stimmt jemand mit ein, genauso laut wie ich. Trotz der verschlossenen Türen hören wir uns klar und deutlich, der Jüngste und ich, und ich finde, es klingt gut.

Ich schreibe SMS mit einer Freundin hin und her. Sie erzählt mir von den Eltern eines Klassenkameraden ihres Sohns. Sie haben drei Kinder, aber jetzt sind sie zu dem Schluss gekommen, dass sie etwas Abstand und eine zusätzliche Wohnung brauchen. Wie viele Scheidungen wird das alles wohl zur Folge haben, fragt meine Freundin halb im Scherz, vielleicht sollte eine Familienberatung auch Teil des Maßnahmenkatalogs werden.

Die Konflikte wachsen in den kleinen Wohnzimmern und engen Küchen zu großen, unsichtbaren Schatten. Unüberwindbaren Schatten, die einem den Weg zur Haustür versperren, die alle Energie aus dem Raum saugen, sodass die Luft dick und stickig wird. Auf der ganzen Welt sind Paare mit ihren Konflikten eingesperrt. All die Tränen, all das Geschrei, alle *Ich-hasse-dichs*, all die Kleinen, die im Bett liegen und sich das Kissen über den Kopf ziehen oder in ihren Bildschirm flüchten, mit Handykopfhörern und voller Lautstärke.

Wir müssen raus, sage ich, ich muss raus aus diesem Haus.

Die Sonne scheint, aber erst um zwölf brechen wir auf. Bis dahin habe ich alle Phasen der Ungeduld durchlaufen. Wir haben diskutiert, ob wir eine Wanderung machen, und wenn ja, wann und wie lang. In den letzten Jahren habe ich fünf verschiedene Führer mit Ausflügen in Oslo und Umgebung gekauft. Fünf ganze Bücher. Und nicht einmal fünf der vorgeschlagenen Touren habe ich gemacht. Jetzt soll sich die Anschaffung endlich lohnen, sage ich und lege den Stapel heraus. Lasst uns die eigene Stadt erkunden. Ich blättere in dem Buch, guckt mal, das sieht doch gut aus, oder das. Keiner der anderen hat Lust, sich die Vorschläge auch nur anzusehen. Am Ende gehen wir einfach in die Østmarka, das Waldgebiet, wo wir schon hundertmal gewesen sind. Die Stimmung ist bestenfalls ambivalent.

Unterwegs kaufen wir Proviant, mein Mann geht in den Laden, der Rest der Familie bleibt draußen. Wir müssen ja nicht alle hineingehen, einer genügt. Die Kinder hängen an mir, klammern sich an mich, alle. Denn wir dürfen uns umarmen, darüber sind wir uns einig, zwischen uns fünfen darf kein Abstand entstehen. Nicht, solange keiner mit dem Virus infiziert ist.

Ich habe die letzte Packung Würstchen ergattert, sagt mein Mann, anscheinend sind wir nicht die Einzigen, die einen Ausflug machen wollen, oder die Leute hamstern Würstchen. Kann man wirklich Würstchen hamstern, frage ich. Würstchen und Klopapier, davon leben die Leute jetzt.

Wir geben aufeinander acht. Wir bleiben zu Hause. Wir waschen uns die Hände. Wir sprechen von Nachbarschaftshilfe. Wir machen das, was gefordert ist. Wir Menschen zeigen uns von unserer besten Seite.

Bis wir in einen Supermarkt gehen. Denn dort drinnen, zwischen Regalen mit Keksen und Hundefutter und Waschmittel, passiert etwas. Da erwacht der Jäger und Sammler in uns. Der viel zu viele Blaubeeren isst, weil er nicht weiß, wann er das nächste Mal wieder etwas Süßes bekommt. Der einen Elch jagt und das Fleisch in sich hineinschlingt, weil es lange dauern kann, bis er wieder etwas zu essen bekommt. Er, der alles mitnimmt, was er findet. Zur Sicherheit. Er, der denkt, die anderen sind mir egal, solange ich nur genug Dosentomaten habe. Solange ich nur genug Brot habe. Solange ich, ich allein, genug Milch für meine Cornflakes und Paracetamol für einen ganzen Monat habe und so viele Meter Klopapier, dass ich mir auch in einem halben Jahr noch damit den Hintern abwischen kann.

Der Wald ist voller Leute. Vielleicht ist es typisch norwegisch, oder einfach nur menschlich, sich in die Wälder zu flüchten, wenn die Welt gefährlich wird. Die Bäume können uns nichts anhaben.

Aber überall sind die anderen Menschen, denen wir doch aus dem Weg gehen wollten, überall haben sie sich einen abgelegenen Platz gesucht, ein Sonnenfleckchen zwischen den Bäumen, und veranstalten ein Lagerfeuer. Wir finden einen kleineren Pfad, machen einen Bogen um die anderen. Wir hätten nicht herkommen sollen, sagt mein Mann, wir hätten lieber woanders hingehen sollen. Wohin denn, frage ich. In die Stadt? Da ist es jetzt sicher ruhig.

Mehrmals treffen wir Jungen im Teenageralter, die allein unterwegs sind. Hochgeschossen und dünn, mit viel zu großen Füßen für ihre schlaksige Gestalt, mit Kopfhörern und Kapuzenpullovern. Sie sehen uns ein bisschen misstrauisch an, und beschämt. Als könnten sie sehen, dass wir denken, sie würden hier nicht hingehören.

Die Laune der Kinder schlägt ständig um. Sie albern herum, wollen kuscheln, sie quengeln und drängeln. Wir müssen noch ein bisschen weiterlaufen, sage ich, für jeden zusätzlichen Kilometer dürft ihr zehn Minuten länger am iPad spielen. So weit ist es schon gekommen, sagt mein Mann leise, ja erwidere ich, *desperate times call for desperate measures.*

Dann wollen wir die Würstchen grillen. Hier, sagt der Jüngste, hier will ich sitzen. Aber hier ist es doch schattig, erwidere ich, und zu kalt, wir brauchen Sonne. Da drüben, sagt der Mittlere, da will ich sitzen. Nein, hier, ruft der Älteste mit lauter Stimme, nachdem er ein Stück weitergegangen ist. Der Jüngste hebt den Kopf und starrt ihn trotzig an. Gleich, denke ich. Gleich! Doch dann marschiert der Jüngste ein paar Meter nach rechts, wo es sonnig und windgeschützt ist. Hier, sagt er. Alle sehen sich an. Ja, sagen wir, hier ist es schön. Keine weiteren Proteste. Wir setzen uns. Es geschehen noch Zeichen und Wunder, flüstert mein Mann mir zu.

Der Geruch von Spiritus überlagert Moos, Erde, faulige Blätter und Nadeln. Esst so viele Würstchen, wie ihr wollt, sage ich und ziehe die Großpackung hervor.

Auf dem Rückweg kommen wir an der Schule der beiden Jüngeren vorbei. Der Jüngste rennt zur Mauer, fasst sie an, ich vermisse die Schule, sagt er, die schöne Schule. Jetzt schon, frage ich. Sie ist doch erst seit einem Tag geschlossen. Oh, sagt er, das kommt mir viel länger vor.

Dort drinnen stehen all die kleinen Milchkartons, in Regalen gestapelt, in einem kühlen Lager. Normale Milch, Kakao und diese ungenießbare Sorte mit Erdbeergeschmack. Diese Kartons werden aber in keine Kinderhände mehr gelangen. Sie werden versauern und irgendwann wahrscheinlich einfach entsorgt.

Dort drinnen sind die Böden leer. Die Stühle wurden auf die Tische gestellt, und das Einzige, was sich am Tag über das Linoleum bewegt, sind die Lichtstrahlen der wandernden Sonne. Selbst die Staubmäuse liegen reglos da, keine Tür, die sich mit Schwung öffnet und sie aufwirbelt.

Dort drinnen hört man nur die Geräusche eines Gebäudes. Ohne Kinderstimmen, Kreischen, Lachen, Toben, und ohne Schritte, tausende Schritte. Manche schwer, andere leicht, federnd, schlurfend, unregelmäßig, unvermittelt innehaltend. Geräusche, die man auch für Leben halten könnte, dabei sind sie eigentlich nur Spuren von uns, Spuren menschlicher Aktivität. Geräusche, die zu unseren Gegenständen gehören, zu unseren Erfindungen. Eine Orchestermusik der mechanischen Töne. Eine sirrende Neonröhre, die jemand nicht herausgeschraubt hat. Ein tropfender Wasserhahn. Eine brummende Lüftungsanlage. Das einzig Lebendige ist vielleicht eine gerade erwachte Fliege, die hinauswill und gegen das Fenster stößt.

Meine Kinder, denke ich, während wir durch den kleinen Wald hinter der Schule gehen, wird sich für sie alles verändern? Werden sie die Corona-Generation sein? Wird dies ab sofort ihre ganze Kindheit prägen? Alles, worauf sie sich freuen, Schulfahrten, Abschlussfeiern, Wettkämpfe. Und was ist mit ihrem Erwachsenenleben? Werden sie alles verlieren, worauf sie sich gefreut haben? All die Vorstellungen, die der Älteste vom Arbeitsleben hat, davon, von uns unabhängig zu sein, vom Zeichnen leben zu können. Oder der Jüngste, der sagt, wenn ich mal groß bin, will ich was mit Theater machen.

Ein Softball ohne Bezug, der im Schlamm gelegen und sich mit schmutzigem Wasser vollgesogen hat, sagt mein jüngster Sohn, nachdem wir eine Weile schweigend weitergegangen sind. Und dann hat jemand rote Gewürznelken reingesteckt. Wie bitte, frage ich, was meinst du? So sieht das Virus aus, sagt er.

In allen Pflegeheimen herrscht Besuchsverbot. Es sei denn, der Tod steht kurz bevor, dann werden die nächsten Angehörigen hereingelassen, in Schutzanzügen, mit Maske und Handschuhen. An den Händen, die zum allerletzten Mal die alten Wangen streicheln sollen.

Die Wohnung meiner Großmutter ist ein Destillat dessen, was einmal ihr Zuhause war. In dem zwanzig Quadratmeter großen Zimmer stehen ihr Sofa und die kleine Sitzgruppe aus dunklem Holz. Da ist der schwere Schrank mit dem Kristallglas aus dem Wohnzimmer. Da hängen ihre allerschönsten Lithographien und Ölgemälde, auf die sie immer so stolz war. Auf dem Boden liegt ein schwerer Teppich, den mein Großvater und sie auf einer ihrer Reisen erstanden haben. Doch unter dem Teppich blüht diskret in Beige und Grau das Muster des Linoleums, und an der einen Wand steht das höhenverstellbare Pflegebett. Das Bad ist groß und in einem universellen Design gehalten, mit Handgriffen aus Metall auf beiden Seiten der Toilette. Sie wohnt schon seit vielen Jahren hier. Jetzt erinnert sie sich nur noch an das Destillat, nicht mehr an ihr eigentliches Zuhause.

Ich schreibe SMS, chatte, maile, like, kommentiere. Die Nabelschnur schmerzt. Und ich bekomme allmählich eine Sehnenscheidenentzündung in der rechten Hand.

Ich lese Berichte aus Italien. Lese von einem Arzt, der mahnt, Norwegen müsse sich vorbereiten. Und ich lese eine Studie des Norwegischen Arbeitgeberverbands, die besagt, dass acht von zehn Unternehmen Entlassungen in Betracht ziehen. Mein Mann arbeitet in einer Buchhandelskette mit tausend Angestellten. Was wird aus ihnen, aus seiner Stelle? Die Leute kaufen Bücher, beruhige ich mich, die Leute brauchen Bücher, mehr denn je.

Aber ich schaffe es nicht, mein eigenes Buch zu schreiben, ich kann nur das hier schreiben.

Es wird dunkel. Ich klingele unter einem Vorwand bei unseren direkten Nachbarn, dabei will ich nur reden. Sie kommen zur Tür, schlucken schnell noch ihr Abendessen herunter, reden hastig, fragen, ob ich reinkommen wolle, ertappen sich dann aber dabei, wie unvernünftig das wäre. Wir bleiben lange so stehen und unterhalten uns. Ich draußen, sie drinnen, dunkle Umrisse vor dem Licht des Hauses. Ich kann spüren, wie die Angst über die Türschwelle zu mir herüberschwappt. Ihre Kinder ziehen sich die Jacken an und flitzen nach nebenan zu meinen. Sie spielen Verstecken. Selbst der Fünfzehnjährige. Denkt an den Abstand, rufe ich. Ja-ha, antworten sie.

Sie sind stundenlang unterwegs, rennen lachend dort draußen in der Dunkelheit umher. Ich glaube nicht, dass sie die Abstandsregel beachten, aber ich bringe es nicht übers Herz, sie daran zu erinnern.

Am Ende, als der Tag schon fast vorüber ist, schauen wir *Chihiros Reise ins Zauberland*. Aber der Mittlere findet den Film zu unheimlich, er schmiegt sich an mich, vergräbt sein Gesicht.

Der Älteste erschrak früher immer bei lauten Geräuschen. Wir konnten nicht staubsaugen, wenn er in der Nähe war. Und er hasste Luftballons. Der Mittlere leidet mit den Schicksalen der anderen, ob Menschen oder Animationsfiguren. Der Jüngste verkraftet fast alles, ist aber schnell gerührt. Ich weiß nicht, wer von ihnen mir am ähnlichsten ist. In diesem Moment fühle ich mich genauso empfindsam wie der Mittlere und rührselig wie der Jüngste. Aber laute Geräusche … die verkrafte ich glaube ich ziemlich gut.

Ich gehe mit dem Elfjährigen ins Wohnzimmer im Untergeschoss, und wir schauen auf dem Laptop eine Comedysendung vom Vortag. Die fünf Akteure lachen laut über die Witze der anderen, aber das Lachen klingt irgendwie kläglich in einem Studio ohne Publikum. Anfangs denke ich, das ertrage ich nicht, ich kann mich nicht an das fehlende Lachen und die seltsame Leere im Studio gewöhnen. Doch dann muss ich trotzdem weiterschauen. Die Pointen sind gut, die Gäste interessant, und noch dazu habe ich das Gefühl, ich dürfe mir genau diese Sendung auf keinen Fall entgehen lassen, ich müsse mich daran erinnern, so wie an alles andere, was gerade passiert.

Alles, was passiert, ist schon Geschichte geworden, und weil mich die großen Geschichten von allen Seiten umringen, weil sie sich aufdrängen, wie sich sonst nur die Fiktion aufdrängt, weiß ich keinen anderen Ausweg, als sie aufzuschreiben, damit ich Ruhe finde. Das Problem bei diesen Geschichten ist nur, dass sie nicht verschwinden.

Sonntag, 15. März

Ich stehe auf, um zu schreiben, bevor die anderen wach sind, doch die beiden Jüngeren kommen schon bald dazu und leisten mir Gesellschaft. Sie setzen sich neben mich aufs Sofa, zwingen mich aus meinen Sätzen hinaus. Ich schließe das Dokument. Wir bleiben sitzen und scrollen zusammen auf dem Laptop, gehen auf Facebook, lesen Nachrichten, während der Regen gegen die Scheiben prasselt.

Mein Mann schläft. Er geht früher ins Bett als ich und steht erst lange nach mir auf. Ich verstehe nicht, wie er so ruhig bleiben kann.

Du hast jetzt so lange mit Dystopien gelebt, sagt er, du bist es gewohnt, sofort an die Apokalypse zu denken. Das hier muss aber nicht so sein wie in deinen Büchern, es muss nicht so schlimm ausgehen. Nein, denke ich, aber ich wünschte, es wäre ein Buch, das ich geschrieben habe, ich wünschte, es wäre nur ein Buch.

Nach dem Frühstück telefoniere ich mit einer Freundin. Wie geht's, frage ich. Gut, antwortet sie. Gut, gut.

Die gleiche Ruhe. Wie kann man nur antworten, dass es einem gut geht, es geht einem doch nicht gut. Dieselbe Dynamik wie mit meinem Mann, ich versuche sie vom Ernst der Lage zu überzeugen. Und ich merke, dass ich es kaum aushalte, mit ihnen zu sprechen, wenn sie so ruhig sind.

Aber vielleicht sind wir, mein Mann und ich, wie eine Waage. Ich lege meine Unruhe in die Waagschale, er gleicht sie mit seiner Besonnenheit aus.

Wir bleiben zu Hause, wir unterlassen das Hamstern, wir hätten Lust, in unser Ferienhaus zu fahren, aber natürlich fahren wir nicht. Wir versuchen, uns an die Regeln zu halten. Allerdings habe ich Zweifel, was wirklich richtig ist. In Großbritannien stellt man die älteren Menschen unter Quarantäne, es heißt, man müsse jene beschützen, die am verletzlichsten sind, und es sei am effektivsten, sie zu isolieren, damit der Rest der Gesellschaft normal weiterleben könne. In Schweden wurden die Schulen nicht geschlossen. Die Kinder dürfen weiter Kinder sein. Während unsere Kinder eingesperrt sind, einige davon zusammen mit den großen unheimlichen Schatten. Das sind die Geschichten, vor denen ich am meisten Angst habe. Was aus all den Kindern wird, die eingesperrt waren.

Wie viele Ohrfeigen? Wie viele Schläge? Und nachts: Wie viele Hände unter den Bettdecken und wie viele große Schatten über dem Bett?

Wir setzen uns ins Auto, mein Mann, der Jüngste und ich, und fahren nach Fetsund. Dort, auf einem Hof am Ende eines Ackers, kaufen wir von einem Bauern ein gebrauchtes Trampolin. Wir haben unsere Handschuhe vergessen, und unsere Finger sind schon ganz steifgefroren, als wir die schweren Metallrohre des Gestells ins Auto tragen. Es weht eine steife Brise, der Regen peitscht uns ins Gesicht, und trotzdem bleiben wir stehen und unterhalten uns mit dem Bauern. Er erzählt, dass er auf die Jagd geht, und deutet auf den Schädel eines toten Tiers hinten an der Scheunenwand.

Der Bauer hat einen schwarzen und sehr verschmusten Elchhund. Wir tätscheln sein nasses Fell mit unseren eiskalten Händen. Können Hunde Viren übertragen, denke ich, über ihr Fell, von den Händen des Bauern? Aber ich will so nicht denken, also streichle ich das Tier weiter. Der Bauer erzählt vom Preis des Rindfleischs, von der ökologischen Landwirtschaft. Wir stehen einen Meter voneinander entfernt, der Regen prasselt auf uns herab, aber wir haben das Bedürfnis, mit jemandem zu sprechen.

Mein Schreibtischstuhl ist schrecklich, klagt der Älteste, ich kriege krasse Rückenschmerzen. Tja, sagen wir, dann müssen wir wohl eine Lösung finden. Jetzt, sagt der Älteste, wir müssen jetzt sofort eine Lösung finden, es geht nicht mehr. Ja doch, erwidern wir. Aber er beruhigt sich nicht, schimpft immer wieder laut über den Stuhl, die Rückenbeschwerden. Natürlich kümmern wir uns darum, sagen wir, aber der Fünfzehnjährige mault weiter. Mein Mann dreht sich zu ihm um. Jetzt wird auch er laut. Du benutzt den Stuhl doch gar nicht, du hockst den ganzen Tag mit deinem Laptop im Bett, kein Wunder, dass du Rückenschmerzen bekommst. Und jetzt beruhig dich mal. Jedes Mal, wenn man jemanden anschreit, er solle sich beruhigen, hat man verloren, und trotzdem schreien wir weiter.

Und wir wissen auch, dass die Ergonomie an diesem Arbeitsplatz nicht ganz ausgereift ist, hier kommt kein Physiotherapeut vorbei und misst den Winkel unserer Arme und Beine und findet die optimale Sitzhöhe für uns. Ich überlasse dem Ältesten vorübergehend meinen eigenen Stuhl und nehme selbst einen Küchenstuhl.

Morgen müssen wir einen neuen kaufen, sage ich und überlege, wo die Ansteckungsgefahr größer ist, wenn man bei IKEA kauft oder von Privatleuten, über die Kleinanzeigen.

Ich sehe zum Haus der Nachbarn hinüber. Zwei Jungen kommen auf Rollern angeflitzt und klingeln. Sie dürfen nicht reinkommen. Vielleicht haben sie aber auch gar nicht darum gebeten. Wahrscheinlich haben sie gefragt, ob der jüngste Nachbarssohn herauskommen möchte, und da ist er auch schon, in Regenjacke und Stiefeln. Die Kinder spielen jetzt wieder im Freien, wie in den Fünfzigerjahren. *Kannst du rauskommen*? ist das neue *Kann ich reinkommen?* Jetzt raufen die drei Jungs, im Carport, um sich vor dem Regen zu schützen. Und vielleicht auch vor den Blicken der Erwachsenen, denn sie kümmern sich nicht um den Abstand, sondern packen sich gegenseitig, ziehen, zerren und schubsen, wie es Jungs nun mal tun, wenn sie ihre stammesmäßigen Umarmungen als Kämpfe tarnen.

Wie schätzt du das mit dem Besuchen ein, frage ich meine Mutter. Normalerweise fahren die Jungen jeden Montag zu ihrer Oma, wo sie ihre Hausaufgaben erledigen und gemeinsam essen. Ich weiß nicht so recht, antwortet sie. Nein, sage ich und denke, wahrscheinlich ist es wirklich nicht so schlau. Irgendwie kommt mir alles so unwirklich vor, dass ich krank werden könnte. Das verstehe ich, sage ich, wir müssen all diese Maßnahmen wohl einhalten, um Menschen wie dich zu schützen. Ja, sagt sie, so ist das wohl. Sie sagt nicht: Allerdings haben wir euch nie darum gebeten. Ich frage mich aber, ob sie das denkt. Ich bin mir nicht sicher, ob sie so große Angst vor dem Tod hat. Vielleicht ist es eher so, dass ich Angst vor ihrem Tod habe.

Meine Mutter und ich unterhalten uns über all die Kinder, die gezwungen sind, mit Eltern zu Hause zu bleiben, die nicht gut für sie sind. Wir sprechen über beengte Verhältnisse, kaum Unternehmungsmöglichkeiten. Aber wir sind doch gut zurechtgekommen, sagt meine Mutter, als du klein warst, als wir beide einmal diese ganzen langen Sommerferien allein waren, wir hatten auch kein Geld, und es ging uns trotzdem gut. Das kann man nicht richtig vergleichen, erwidere ich.

Als ich klein war, gab es nur uns beide. Jedes zweite Wochenende war ich bei meinem Vater, ansonsten gab es nur meine Mutter und mich. Meine Mutter mochte unsere Zweisamkeit, glaube ich, sie konnte gut mit mir allein sein. Damals war sie an der Universität, zog ihr ewig langes Psychologiestudium durch, wir hatten so wenig Geld, dass man uns heutzutage arm nennen würde. Ich weiß aber noch, wie ich dachte, dass wir stark waren, obwohl wir nur zu zweit waren. Sie war eine dieser Mütter, die auf einen strukturierten Alltag achten, und umarmte mich mehrmals am Tag. Sie war gut darin, mir Ruhe zu geben, mich spielen zu lassen. Ohne diese Ruhe wäre ich nicht so geworden, wie ich heute bin.

Meine Mutter achtete auch darauf, was ich mitbekam, was ich sah und hörte, sie war sich meiner Nähe immer bewusst. Jedes Wochenende kaufte sie eine einzelne Flasche Rotwein, die Sorte, die einfach nur Rotwein hieß, im *Vinmonopolet* auf der anderen Straßenseite. Sie rauchte, *Petterøes extra mild*, aber nie mehr als eine bestimmte Anzahl am Tag, und sie achtete darauf, gut zu lüften. Sie hatte immer genug Geld für die Bücher, die der Buchclub für Kinder verschickte, und zahlte ihre Rechnungen pünktlich. Sie las mir oft vor, auch noch lange, nachdem ich selbst lesen gelernt hatte.

Das Trampolin ist von der Marke *JumpKing*, was wohl für Qualität spricht, anscheinend sind sie bei *JumpKing* die Experten auf dem Gebiet der Trampoline. Davor hatten wir ein Trampolin, dessen Sprungfedern so schlecht waren, dass niemand es benutzen wollte. Jedenfalls gaben die Jungen den Sprungfedern die Schuld dafür.

Ich kann alle drei dazu animieren, das Trampolin aus dem Auto zu tragen, und wir fangen an, es im Garten aufzubauen. Doch es klappt nicht. Ich erinnere mich, dass ich schon einmal versucht habe, ein Trampolin aufzubauen, und am Ende meinen Mann um Hilfe bitten musste. So ist es auch jetzt, die Stahlrohre lassen sich unmöglich montieren, sie passen nicht ineinander oder lockern sich wieder. Schließlich kommt mein Mann heraus und übernimmt. Ich fühle mich hilflos, erschöpft, habe nicht daran gedacht, etwas zu essen, und plötzlich ist mir vor Hunger ganz schwindelig. Und ich habe schon wieder diesen Kloß im Hals. Die Jungen ziehen sich die Schuhe aus und testen das Trampolin. Ist es besser als das alte, frage ich. Nein, antworten sie, nicht wirklich. Mein Mann sieht mich über die große blaue Stofffläche hinweg an. Das ist ja riesig, sagt er, viel zu groß, hast du es denn vorher nicht ausgemessen? Nein, sage ich, ich habe es nicht ausgemessen, ich dachte, es wäre genauso groß wie das, was wir vorher hatten. Aber in Wirklichkeit hatte ich gar nicht darüber nachgedacht, wie groß das alte Trampolin war, ich wollte einfach nur, dass wir ein Trampolin haben. Ich dachte, vielleicht würde das helfen.

Wir entdecken in den Kleinanzeigen einen Bürostuhl, der eine Dreiviertelstunde Fahrzeit von uns entfernt zum Verkauf angeboten wird, und machen uns sofort auf den Weg, um ihn abzuholen. Der Verkäufer stellt den Stuhl in den Garten, wir überweisen ihm das Geld kontaktlos per Handy. Ich versuche nicht daran zu denken, dass das Virus im Stoff hängen könnte, nachdem andere Hände ihn berührt haben. Es kann mehrere Tage überdauern, und es klebt an den Händen fest, es liebt Hände, habe ich gelesen.

Aber eigentlich ist es nicht die Angst vor der Ansteckung, die mich umtreibt. Ich fürchte mich ja nicht davor, krank zu werden, es geht mir eher darum, die Regeln zu befolgen.

Ich hatte gehofft, der Bürostuhl würde für Frieden sorgen, aber mein lieber Fünfzehnjähriger ist einfach nur wütend. Reiß dich zusammen, sage ich, bemühe dich doch wenigstens, wir bemühen uns alle. Meine Stimme wird höher, und ich kann mich in diesem Moment selbst nicht ausstehen.

Dann versuche ich zu erfahren, wie es ihm eigentlich geht, ob er die Schule vermisst. Ich hätte nicht fragen sollen, ich weiß ja, dass ich keine Antwort bekomme.

Sie besitzen eine so große digitale Kompetenz, die Fünfzehnjährigen, sind es gewohnt, einen Teil ihres Lebens im Internet zu verbringen, aber gleichzeitig hatten sie bisher auch die Schule, jeden einzelnen Tag, viele Stunden im selben Raum zusammen mit anderen Gleichaltrigen. Wahrscheinlich ist die Schule für diese Generation noch wichtiger als für die früheren, eine Erholungspause von den Jugendzimmern, in denen das Leben in 2D durch ein handtellergroßes, leuchtendes Fenster zur Welt gelebt wird. Jetzt ist dieses Fenster alles, was sie haben, und es ist viel zu klein.

Der König hält eine Rede an die Nation, die live in den Nachrichten übertragen wird. Die Kinder spielen draußen Verstecken, sogar der Älteste, und ich sitze allein vor dem Fernseher. Das ist gut, denke ich, das ist trotz allem ein kleines bisschen Normalität. Die Worte des Königs hinterlassen keinen Eindruck bei mir, und ich weiß nicht, woran es liegt, ich glaube, ich bin einfach nur erschöpft davon, dass ständig alles einen Eindruck hinterlässt. Und mir graut schon vor morgen, Montag, wenn wir wieder von Neuem versuchen müssen, das alte Leben wiederherzustellen. Ich vermisse die Schule.

Um elf habe ich genug. Der Fünfzehnjährige will nicht ins Bett gehen. Er hat seine Schulaufgaben im Griff und versteht nicht, warum er die Nacht nicht zum Tag machen kann, aber ich werde verrückt beim Gedanken, mit jemandem unter einem Dach leben zu müssen, der einen völlig anderen Lebensrhythmus hat. Ich ertrage es nicht, wenn er nachts durchs Haus streift, während wir anderen versuchen zu schlafen, ich ertrage es nicht, wenn er bis weit in den Vormittag hinein schläft und wir leise sein sollen. Ich weiß ja noch, wie ich selbst in dem Alter war, aber im Moment ertrage ich den Gedanken daran nicht. Ich horche in mich hinein, finde aber weder Vernunft noch Ruhe. Und flippe aus.

Anschließend gehe ich beschämt ins Bett.

Montag, 16. März

Der Papst sagt, er bete für uns Eltern, die ihre Kinder unterrichten müssen. Das ist nett von ihm, aber keine große Hilfe, denke ich.

Ich erstelle einen Stundenplan, eine Struktur für den Tag. Der Fünfzehnjährige schläft, ich gebe es auf, ihn zu wecken, und fange stattdessen an, mit den anderen beiden die Schulaufgaben zu erledigen. Wir haben nicht genug Computer für alle, wir müssen uns abwechseln, und das Internet ist ständig überlastet. Unsere Arbeit ist auf zahlreiche digitale Ressourcen verteilt, wir strengen uns an, um eine Lösung zu finden. Die Kinder hängen jammernd über dem Küchentisch, es sei zu viel, sagen sie. Am liebsten würde ich sie anschreien, dass es auch mir zu viel wird.

Staub in allen Ecken, Fasern von Kleidung und Handtüchern, abgestorbene Hautzellen, ein Großteil des Hausstaubs besteht wohl aus toten Zellen. Und Unordnung, überall wuchert die Unordnung wie eine Pflanze, wächst aus Böden und Tischen, auf leeren Oberflächen, auf Stühlen, Betten, dem bloßen Fußboden. Sisyphos, sage ich zu meinem Mann, als wir mit vollen Armen aneinander vorbeigehen. Aber unsere Steine sind hohe Kleiderberge auf dem Weg zu Schränken oder Wäschekörben, und Gläser, Tassen und Müslischalen. Ich räume sie in die Spülmaschine und wieder heraus, in die Schränke, und im nächsten Moment stehen sie wieder auf dem Tisch. Und dann die schmutzigen Kinder, mit ihren langen Fingernägeln, die beiden Jüngeren müssten sich dringend die Haare waschen, aber wir erinnern sie immer nur daran, die Hände zu waschen, die Hände zu waschen, die Hände zu waschen.

Und dann können wir plötzlich eine kleine Pause in der Sonne machen, einen Hauch von Frühling genießen. Wir stimmen uns mit den nächsten Nachbarn ab und erlauben den Kindern, sich zu treffen. Sie spielen Fußball, während wir zusehen und uns unterhalten. Die Nachbarin hat eine Verwandte, die Ärztin in einem Ferienhausgebiet am See ist. Meine Nachbarin kommt näher, senkt die Stimme, damit die Kinder sie nicht hören, denkt an den Abstand, rufe ich ihnen betont unbeschwert zu. Die Nachbarin und ich lachen und entfernen uns weiter von den Kindern. Sie erzählt von der Angst der Ärztin, der Sorge des Pflegepersonals. Sie flüstert so laut wie möglich, das Virus könne auch uns außer Gefecht setzen. Vierzig Jahre und kerngesund; es trifft nicht nur die Älteren.

Habe ich Angst vor dem Virus? Nur hin und wieder, für einen kurzen Moment, es ist nicht das Virus, das mir Angst macht, noch nicht.

Können wir nicht einfach alle Alten sterben lassen, sagt meine Mutter am Telefon, und das Ganze endlich hinter uns bringen.

Ich säe in alten Milchkartons Karottensamen aus und stelle sie auf die Fensterbank. Ich denke viel an einen Küchengarten, ein Treibhaus, daran, mich den ganzen Sommer hindurch selbst mit Gemüse zu versorgen.

Der Elternbeirat der siebten Klasse erkundigt sich nach unseren Erfahrungen mit den Schulaufgaben und ihrem Umfang, er möchte unsere Rückmeldungen zusammenfassen und an die Lehrer weitergeben. Ich liebe ihn sehr dafür. Es kommen acht Rückmeldungen, alle sind sich einig, dass es zu viel ist, auch für die Eltern, die gleichzeitig noch arbeiten müssen. Der Elternbeirat antwortet: »Danke für eure Beiträge (ach übrigens, wo sind eigentlich die Väter 😉?).«

Ach übrigens, wo sind eigentlich die Väter? Wird die traditionelle Rollenverteilung in dieser Krise noch verstärkt? Sind die Jobs der Väter wichtiger als die der Mütter? Sind es nur die Mütter, die jetzt zu Lehrerinnen werden und zu Hause die ganze Verantwortung übernehmen? Nein, nicht in den Familien, wo die Mütter in Pflegeberufen arbeiten, tröste ich mich. Es sei denn, der Vater ist Arzt.

Ich bekomme eine Mail von HBO, in der mir ein einjähriges kostenloses Probeabo angeboten wird. EIN JAHR GESCHENKT. Genau so steht es da, in Großbuchstaben. Wie nett von ihnen. Kein Wort über das

Virus. Ich überlege, ob HBO etwas weiß, was ich nicht weiß. Ob sie tatsächlich prophezeien können, dass es ein Jahr dauert und wir ein ganzes Jahr zu Hause hocken und Serien streamen.

Ferienhausscham ist das neue Wort des Tages, schreiben die Zeitungen. Für Leute, die darauf bestehen, in ihre Häuser auf dem Land zu fahren, obwohl die Behörden es nicht erlauben, die eigene Heimatgemeinde zu verlassen. Die Leute sind außer sich, weil sie nicht in ihre Hütten dürfen, um sich in Sicherheit zu bringen. Ich spüre, dass ich keine Lust habe, mich auf diese Debatte einzulassen. Sie hat etwas so Kleinliches und Erbärmliches an sich, das im jähen Gegensatz zu allem anderen steht, was gerade passiert.

Der Jüngste und ich joggen durch den kleinen Wald hinter dem Haus. Wir nennen es »ins Fitnessstudio gehen«. Ich laufe gern mit den Kindern, mit ihren federleichten Körpern rennen sie mir oft davon, für mich ist es ein richtiges Training, für sie vielleicht eher nicht. Wir lächeln alle an, denen wir begegnen, sagen Guten Tag. Die Großstadt ist zu einer menschenleeren Hochebene geworden, wo es unhöflich wäre, nicht zu grüßen, wenn man anderen begegnet. Wir lächeln und grüßen und zeigen, dass wir einander sehen, wir sind hier draußen, zusammen auf diesem Plateau, für einen kurzen Augenblick.

Der Neunjährige vorn und ich hinten. Wir joggen zum Haus meiner Mutter, das auf der anderen Seite des Waldes liegt.

Meine Mutter sitzt auf dem Balkon, der Jüngste und ich bleiben stehen und rufen zu ihr hinauf. Hallo, rufen wir, sie kommt auf die Beine, späht durch das Geländer: Hallo, wer ist denn da? Wir sind's. Sie sieht glücklich aus, hat Farbe im Gesicht von der Sonne.

Im Keller ist es kalt, ich bekomme eine Gänsehaut, als ich den Gaskocher wieder auf seinen Platz stelle. Dort in den Regalen sind lauter Reste unseres Lebens versammelt, all das, was wir nicht ständig brauchen, was aber trotzdem zu uns gehört und vertraut und bekannt ist. Und da sind die Schachteln mit den Kindheitserinnerungen, mit alten Briefen, unsortierten Fotos und den ersten Zeichnungen unserer Kinder. Und meine frühen Texte, alles, was ich schrieb, als ich jung war, und was erschreckend an das erinnert, was ich heute schreibe, nur dass meine Stimme jünger klingt. Ich möchte mein Leben zurückhaben, denke ich plötzlich, während ich den Gaskocher tiefer ins Regal schiebe. Ich möchte die Begegnungen zurück, die ständigen Veränderungen in meiner Umgebung, und ich möchte die Fiktion zurück, die Bewegung, die sie mir ermöglichte, die Reisen weg von hier.

Mein Bruder lächelt mich an, ich treffe ihn und seine Kinder auf dem Spielplatz eines Schulhofs, wir bleiben im Abstand von einem Meter zueinander stehen, müssen ein bisschen lachen, weil wir uns so gern umarmt hätten, es aber nicht dürfen, und dann kommen mir schon wieder die Tränen. Seine Kinder spielen auf dem Klettergerüst, zum Glück sind sie so beschäftigt, dass sie nicht mit offenen Armen auf mich zurennen, *Hallo, Tante Maja!*, wie sie es sonst oft tun.

Wir spielen Tischtennis auf dem Schulhof, die Jüngeren rennen durch die Gegend, und obwohl wir uns nicht anfassen, sehe ich die ganze Zeit die Punkte: den Tischtennisball, das Klettergerüst, die Ketten der Schaukel, die Punkte, an denen sich unsere Hände berühren, indem sie Gegenstände berühren. So ist die ganze Welt, Hände, die sich berühren, Schnittpunkte. Hände, die einen Reisepass festhalten, die vielleicht gerade jemanden umarmt oder jemandem die Hand gegeben haben, während wir für einen Flug einchecken und uns tausende Kilometer fort bewegen, und dort berühren unsere Füße dann den Boden eines anderen Landes, und dort berühren unsere Hände wieder neue

Punkte, und neue Hände. Und neue Hände. Wir haben uns schon immer an den Händen berührt, wir Menschen, wir haben Hände gehalten, wir fassen an, wir berühren, wir kratzen, grabschen, verbreiten etwas. Einen anderen Menschen zu berühren ist dasselbe geworden wie jemanden anzustecken. Wie können wir, als soziale Tiere, die abhängig sind vom Körperkontakt, von den Körpern der anderen, damit leben, dass die Berührung eines anderen Menschen gleichbedeutend damit geworden ist, ihn zu kontaminieren? Wie können wir damit leben, morgen, nächste Woche, in einem Jahr?

Mein Bruder erzählt von seinen Musikerkollegen. Das ist das Armageddon, sagt er, sie empfinden das als Armageddon: Wir sehen uns auf der anderen Seite. Selbst hat er eine halbe Stelle als Lehrer, er lacht vor Erleichterung, wenn er von seinem Job erzählt. Irgendwie wirkt er glücklich, trotz allem. Er, den ich eigentlich immer für den Schwermütigsten von uns allen gehalten habe, über den wir witzeln, er sei der melancholische Künstler. Er findet, sie kämen gut zurecht, wir kommen gut zurecht, die Kindern haben ihren Spaß, allerdings sind wir auch die ganze Zeit draußen, sonst überleben wir das nicht. Er rückt seine Mütze zurecht und lächelt, als er von seiner fünfjährigen Tochter erzählt. Ihr geht es so gut, sie ist glücklich, vorhin hat sie die Arme ausgebreitet und gesagt: An diesen tollen Frühlingstag werde ich mich immer erinnern!

Ich rufe meinen anderen Bruder an, den Jüngsten von uns. Er ist mit vier kleinen Kindern zu Hause und sagt, es gehe ihnen gut, mit der gleichen Leichtigkeit in der Stimme. Uns geht es gut. Ich frage, ob es auch dem Kleinsten gut geht, dem kleinsten Zwilling, ob er gesund sei? Ja, antwortet mein Bruder, die Kinder sind glücklich, sie rennen und krabbeln ums Haus, wir achten die ganze Zeit darauf, dass sie genügend Energie verbrauchen, sie finden es sogar ganz toll, dass wir die ganze Zeit zusammen sind. So ist das jetzt vielleicht bei vielen Leuten, denke ich, glückliche Kinder, die ununterbrochen mit ihrer Familie zusammen sein dürfen, und solange die Kinder froh sind, und gesund, können wir Erwachsene das auch irgendwie schaffen. Aber mein jüngster Bruder, der immer findet, das Glas sei noch halbvoll, der im Vergleich zu uns anderen immer so unbekümmert war, sich am wenigsten sorgte, schätzt das Virus trotzdem als ernste Bedrohung ein. Er betont, dass unser Vater mit seinem Asthma aufpassen müsse. Das Virus ist lebensgefährlich für Papa, sagt er. Mein Bruder arbeitet bei der Polizei, ich überlege, ob er womöglich vertrauliche Informationen besitzt, die er nicht mit mir teilen darf, so sehr, wie er den Ernst der Lage betont.

Ernst, Ernst, Ernst. Ich bin diesen Ernst so leid, jetzt schon. Eine Freundin ruft an und sagt, dass sie in Kurzarbeit geschickt wird. Mein Mann bereitet in seiner Firma ähnliche Maßnahmen vor. Ich nehme den Ernst mit in einen Streit mit dem Fünfzehnjährigen, lasse die Auseinandersetzung eskalieren, kann mich nicht bremsen. Ich fange an zu weinen, wir verlangen doch gar nicht viel von dir, sage ich, und du musst auch verstehen, wie es uns geht. Die Welt, die wir kennen, bricht auseinander, Menschen, die wir kennen, verlieren ihre Arbeit, alles wird jetzt anders, sage ich, und ich mache mir auch Sorgen um dich, um deine Zukunft. Können wir morgen bitte versuchen, uns einmal nicht zu streiten, kannst du nicht einfach nur machen, worum wir dich bitten, wir sind so erschöpft, ich bin so erschöpft.

Dienstag, 17. März

»Experts recommend sticking to your daily routine even when working from home.« Ein Foto von New Yorkern, die mit Jacke im Bad stehen, auf ihr Handy starren und sich an der Duschvorhangstange festhalten, als würden sie im Berufsverkehr in der U-Bahn stehen, treibt mir die Tränen in die Augen.

Ich stehe allein im Bad. Es ist unmöglich, den Knoten in meiner Brust nicht zu ertasten. Seit ich ihn vor ein paar Wochen entdeckt habe, war er immerzu in meinem Bewusstsein. In unserer Familie sind schon viele an Krebs erkrankt. Und der Knoten wächst, wie ein schwer zu bändigendes Unkraut.

Ich gehe hinaus zu den anderen und umarme meinen Mann. Hast du gesehen, welches Datum wir heute haben, frage ich. Er überlegt und antwortet dann: den 17. März. An diesem Tag vor 22, nein, 23 Jahren sind wir zusammengekommen. Wir müssen das später nachfeiern, sagt er. Wir können auch heute feiern, sage ich. Er nickt, aber keiner von uns kann sich richtig vorstellen, wie die Feier in diesem Fall aussehen soll.

Ein Kind ist bei einem Brand in Moria ums Leben gekommen. Ich zwinge mich selbst dazu, etwas über die Situation in den Flüchtlingslagern zu lesen, mich darauf einzulassen, aber ich kann nichts mehr aufnehmen, es ist, als wäre die Grenze meiner Kapazität erreicht. Stattdessen teile ich im Netz einen langen Appell, mit einem Foto von den Beinen eines kleinen Mädchens, mit rosa Strümpfen und Crocs, in der Hoffnung, dass jemand anders mehr Platz hat in seinem Kopf und Herzen.

Der Älteste versucht die beiden Jüngeren zu unterrichten, während ich die Tür zu meinem Büro geschlossen habe. Ich höre die ganze Zeit ihre Stimmen, ohne einzelne Wörter zu verstehen. Einmal schreit der Jüngste laut auf, ich widerstehe dem Impuls, die Tür aufzureißen und mich einzumischen. Anschließend sagen die Jüngeren, ihr Bruder wäre toll gewesen, der beste Lehrer, den es gibt, und fallen ihm um den Hals.

Die SchulApp gibt die ganze Zeit Signale von sich. Immer wenn ich die Nachrichten lesen will, muss ich einen Code eingeben. Schon nach einer Minute schließt sich die App automatisch wieder. Ich gebe den Code ein, verliere die Konzentration, fliege raus. Wieder und wieder, mit verschwitzten Händen und klopfendem Herzen. Und dann funktioniert die App nicht mehr, ich kann sie gar nicht erst öffnen, sie hängt nur. Ohne sie erledigen die Kinder nicht, was sie erledigen müssen, und ich auch nicht.

Ich würde gern die Tür schließen, allein sein, schreiben, mir all das ersparen.

Wir geben auf. Und gehen hinaus. Ich versuche, das Netz des Trampolins aufzubauen. Ich habe beschlossen, dass es eine Weile stehen bleiben soll, auch wenn es viel zu groß ist. Damit die Kinder etwas zu tun haben. *Spring i benen,* sagen die Schweden, wenn jemand hibbelig ist. Ich fand diesen Ausdruck immer so schön, als wollten die Beine mit den Kindern wegrennen, davonspringen. Und das geht nirgends besser als auf einem Trampolin. Aber ich bin zu klein, um das Netz zu befestigen, stehe mit ausgestreckten Armen davor und komme nicht bis ganz oben, und wieder verlasse ich das Trampolin in halbfertigem Zustand.

Du kannst doch im Garten arbeiten, sagt mein Vater am Telefon, von seinem Garten aus, wo er mit seinem Asthma in einer selbstauferlegten Isolation lebt. Jaja, ich weiß, sage ich, während ich Brennnesseln mitsamt Wurzeln aus dem Boden reiße. Und du darfst nicht so hohe Ansprüche ans Homeschooling haben, sagt mein Vater. Er ist Pädagoge und hat sein ganzes Berufsleben mit Kindern gearbeitet. Du musst dir klarmachen, dass sich eure Rollen vermischen, dein Jüngster soll dich plötzlich als Mutter und Lehrerin akzeptieren, das ist verwirrend, widersprüchliche Rollen. Nein, lüge ich, ich habe gar nicht so hohe Ansprüche, ich weiß, dass wir flexibel sein müssen und alles nehmen müssen, wie es kommt.

Die Brennnessel sticht durch die Handschuhe hindurch, aber ich ziehe sie trotzdem heraus. Dann wende ich mich einem Bereich zu, wo winzige Gierschblätter aus der Erde sprießen. Überall Unkraut. Aber wenn ich jetzt damit anfange, bevor die Pflanzen zu groß werden, lassen sie sich leichter entfernen. Ich muss sie nur mit den Wurzeln ausgraben. Lange weiße Wurzeln, die abbrechen, wenn ich zu fest daran ziehe. Die Erde ist voll davon.

Ich telefoniere mit meiner Lektorin. Sie sagt, sie verspüre das Bedürfnis, gut zu reagieren, alles richtig zu machen. Den Abstand zu wahren, die Hände zu waschen, sich nicht ins Gesicht zu fassen. Sie hatte immer schon diesen Anspruch, alles gut zu machen, und ich habe mich immer darin wiedererkannt, wir haben einander verstanden. Ich erzähle ihr vom Homeschooling, dass ich finde, uns werde viel abverlangt. Man solle nicht zu hohe Anforderungen haben, sagt sie, die alles gut macht, und das gilt wohl gerade für alle Bereiche. Stimmt schon, sage ich, dasselbe sagt mein Mann auch. Anschließend denke ich aber, warum eigentlich, warum sollen wir uns dafür schämen, alles gut machen zu wollen? Schließlich fordert die Welt das gerade von uns, wir sollen unser Bestes geben, uns die Hände waschen, uns nicht ins Gesicht fassen, unsere Kinder unterstützen, so gut es geht.

Synonyme für gut: tüchtig, redlich, beflissen.

Ich habe immer eine so große Kontrolle über mein Leben gehabt. Bis ins kleinste Detail, vor allem, seit ich meine eigene Chefin geworden bin. Weil ich mich in einer komfortablen finanziellen Lage befinde und in einer stabilen Beziehung lebe, habe ich mich dieser Aufgabe voll und ganz widmen können. Ich konnte mein eigenes Berufsleben kontrollieren, und meine Reisen, mir Arbeit und Freizeit einteilen. Ich hatte meine Einnahmen unter Kontrolle, meine Ausgaben, und meine Gesundheit, indem ich Sport gemacht und mich gesund ernährt habe.

Ich hatte meine eigene Geschichte unter Kontrolle.

Jetzt bestimmen andere. Das Einzige, was ich noch unter Kontrolle habe, sind einige wenige Details, hier, in meinen eigenen vier Wänden.

Ich wasche mir die Hände, diesmal allerdings nur, um die Erde abzuwaschen. Das Wasser im Waschbecken ist braun, es tut richtig gut, wenn man das, was man abwaschen möchte, *sehen* kann. Anschließend bestelle ich im Internet mehrere Komposteimer. In diesem Sommer will ich meine eigene Erde herstellen.

Mein Mann sitzt in ewigen Meetings, über *Teams*, eine App. Ich höre seine Stimme irgendwo im Haus hinter verschlossenen Türen brummen. Krisenmanagement. Halb Norwegen beschäftigt sich gerade mit Krisenmanagement. Ich habe keine Krise zu managen und fühle mich nutzlos. Ich öffne das Dokument zu meinem Roman, starre auf die Wörter, die ich geschrieben habe, schaffe es aber nicht, daraus Sätze zu formen. Dann gehe ich schnell ins Internet, und ehe ich mich's versehe, klicke ich mich in eine Onlinezeitung, überfliege hastig etwas, scrolle herum, ohne wirklich etwas zu lesen.

Nur an eine Sache kann ich mich nachher erinnern: In Deutschland sitzen die Big-Brother-Teilnehmer in ihrer selbstgewählten Isolation und wissen nichts über die Corona-Krise. Als sie sich eingeschlossen hatten, war das Virus nach wie vor nur ein chinesisches Phänomen. Die Teilnehmer hatten seit dem 6. Februar vollkommen abgeschottet von der Welt gelebt und es sich mit Champagner, Whirlpool und der Gesellschaft der anderen gemütlich gemacht. Jetzt sollen vier neue Teilnehmer dazukommen (die man vorher auf das Virus getestet hat), und heute Abend werden sie erzählen, was in der Welt passiert ist. Ich wünschte wirklich, ich könnte hier deutsches Fernsehen empfangen.

Inzwischen ist es vier Uhr geworden, ohne dass ich mich mit einem der Kinder gestritten habe. Was für ein Erfolg, sage ich zu meinem Mann. Sehr beeindruckend, erwidert er, während er Kartoffeln ohne Keime aus einer Tüte heraussucht, die zu lange im Kühlschrank gelegen hat.

Ich bin froh, dass wir so viele sind, dass wir zu fünft sind, unsere eigene kleine Herde. Ich denke an alle, die allein sind, oder nur ein Kind haben, auf das sie aufpassen müssen, von morgens bis abends, ein Kind, das sie stimulieren, motivieren, beschäftigen, in Schach halten müssen. Nur ein Kind zu haben fordert einen auf eine ganz andere Weise, und wahrscheinlich vor allem jetzt.

Wir hatten uns dafür entschieden, drei Kinder zu bekommen, als unser Ältester zwei Jahre alt war. Wir waren im Urlaub in einem Restaurant, und am Nebentisch saß eine Familie mit drei ziemlich großen Kindern. Wir bemerkten, wie die Kinder, zwei davon schon im Jugendalter, die ganze Zeit redeten und die Eltern kaum etwas zu sagen hatten, aber auf eine *an-*

genehme Art und Weise. Eine Familie mit drei Kindern ist eine Herde, dachte ich damals, und es war so gut, dass die Kinder die Tagesordnung bestimmten, das Gespräch führten. Als sich unser drittes Kind ankündigte, war der Mittlere gerade mal ein Jahr alt. Wir bekamen das, was man Pseudozwillinge nennt. Und tatsächlich bestimmten die Kinder unsere Tagesordnung, wir hatten kaum etwas zu sagen, aber auf eine eher *unangenehme* Art und Weise. Ich erinnere mich noch daran, dass eine Freundin mich fragte, wie es mir gehe, als unser Jüngster knapp ein Jahr alt war. Wie geht es euch, fragte sie, ist es schön, drei Kinder zu haben? Tja, antwortete ich, irgendwie geht es schon, wir bekommen es hin, doch richtig schön ist es nicht. Sie lachte laut, und ein bisschen schockiert, glaube ich, angesichts meiner Ehrlichkeit.

Die Nachbarin fragt mich, ob ich auf eine Wanderung mitkommen möchte. Die Welt wird de-globalisiert, und bei uns zu Hause passiert dasselbe, nur in einem kleineren Umfang. Ich treffe nur noch Nachbarn, alle, mit denen ich zu tun habe und die ich auch physisch treffe, wohnen in unmittelbarer Nähe. Es ist, als wäre unsere Straße zu einem großen Innenhof geworden, einer isolierten Einheit. Wir haben uns füreinander entschieden, und jetzt dürfen wir auch niemand anderen mehr hereinlassen.

Wir spazieren in schnellem Tempo um den Østensjøvannet. Überall sind Menschen, die dasselbe tun wie wir, sie gehen um den See, versuchen die Distanz zu wahren. Doch es sind zu viele Leute auf dem Weg, ständig wird das Abstandsgebot verletzt, und ich denke, nächstes Mal müssen wir stattdessen auf den normalen Straßen durchs Wohngebiet spazieren. Meine Nase läuft, wie es Nasen im März oft tun. Ich muss ständig der Versuchung widerstehen, sie mit dem Handrücken abzuwischen, und bereue es, keine Taschentücher eingesteckt zu haben. Außerdem rede ich zu laut und zu viel, der ganze Schock und Kummer brechen aus mir heraus. Mir fällt plötzlich auf, dass ich rede, als hätte ich einen Besitzanspruch auf diese Pandemie, als würde sie mich mehr angehen als andere. Aber anschließend fühle ich mich erleichtert.

Der Jüngste und ich legen im Bad eine Gesichtsmaske mit Tonerde und Algen auf. Wir lachen unsere graugrünen Gesichter im Badezimmerspiegel an. Er schneidet Grimassen, während er spürt, wie seine Maske langsam erstarrt. Können wir uns auch Gurken auf die Augen legen, fragt er. Ich gehe in die Küche und schneide vier Scheiben ab, die ich wieder ins Bad mitnehme. Oh, sagt er, darf ich sie auch essen? Nur zu, sage ich.

Ich dusche, schlüpfe in meinen Schlafanzug und setze mich aufs Sofa. Dieser Tag war eigentlich in Ordnung, denke ich, heute hatte ich keine allzu große Angst, war auch nicht wütend und hatte kein einziges Mal das Bedürfnis zu weinen.

Dann schalte ich eine Diskussionssendung ein. Mein Mann hat sich neben mich gesetzt. Je mehr wir sehen, desto weiter rutscht er zur Sofakante vor. Eine Wissenschaftlerin ist im Studio zu Gast. Allein. Sie bekommt eine halbe Stunde Zeit, um ihre Sicht der Dinge darzulegen. Sie präsentiert eine Reihe von Zahlen und Szenarien. Sie deuten alle in die gleiche Richtung: Alles wird ein schreckliches Ausmaß annehmen. Wir unternehmen viel zu wenig, sagt die Wissenschaftlerin, wir brauchen eine Ausgangssperre. Dies ist ein Krieg, die feindlichen Schiffe sind auf dem Weg in den Oslofjord, und die norwegischen Behörden tun nichts. 250.000 Menschen werden sterben.

Wir schalten den Fernseher aus und diskutieren die Zahlen. Das kann nicht stimmen, sage ich, die Zahlen aus Italien, die sie genannt hat, waren doch falsch, sie testen ja kaum jemanden, kein Wunder, dass die Sterblichkeitsrate so hoch ist. Und sieh dir nur mal Südkorea an, dort kehrt allmählich wieder Normalität ein, und sie hatten auch keine Ausgangssperre und haben es trotzdem geschafft. Wir argumentieren hin und her, wir würden uns so gerne einig sein, dass die Wissenschaftlerin falschliegt.

Die Ministerpräsidentin sagt, wir sollten nicht trinken, aber ich hole uns trotzdem einen Wein. Wir trinken, während wir eine Gartensendung sehen.

Mittwoch, 18. März

»Wie schnell alles gehen konnte«, schrieb ich einmal in einem Roman. »Am einen Tag wachst du vom Klingeln deines Weckers auf, frühstückst, gehst zur Arbeit, lachst, streitest und liebst, wäschst ab, sorgst dich darum, dass das Konto leer sein könnte, bevor der Monat vorbei ist ... und denkst nicht daran, dass alles, was dich umgibt, einfach weg sein kann. Selbst wenn du hörst, dass sich die Welt verändert. Selbst wenn du es auf dem Thermometer sehen kannst. Du denkst nicht daran, bis du dann am anderen Tag nicht mehr vom Wecker wach wirst, sondern von Schreien. Die Flammen haben deine Stadt erreicht, dein Haus, dein Bett, all die, die du liebst. Plötzlich brennt es bei dir, dein Bettzeug fängt Feuer, das Kopfkissen qualmt, und du kannst einfach nur noch weglaufen.«

Ich werde nicht von Schreien geweckt, bin aber schon lange wach, bevor der Wecker klingelt. Mir wird immer wärmer, die trockene Wärme des Schlafes weicht einem hektischen, wachen Schwitzen, aber ich kann mich nicht bewegen, liege nur stocksteif da.

Wenn dies ein Roman wäre, würde man ihn dann als Dystopie bezeichnen? Das Wort Dystopie hat den Geschmack von großer Dramatik, nicht von Homeoffice, Geschirrstapeln, Desinfektionsmittel und Lagerkoller.

Wir frühstücken mit den beiden Jüngeren und reden über die Studiodiskussion. Während der Jüngste unbemerkt vom Tisch verschwindet, ist der Mittlere interessiert, will alles genau wissen, und wir versuchen es ihm zu erklären, versuchen ein Gleichgewicht zwischen Ernst und Leichtigkeit zu finden, etwas Verkraftbares daraus zu machen. Doch wir schaffen es nicht, weder ich noch mein Mann, denn jeder Satz, den wir aussprechen, ist wie eine zusätzliche Belastung, und unser Hals schnürt sich zu.

Dann hören wir plötzlich Musik. Der Jüngste kommt wieder herein, er hat sein Handy mit einem kleinen Lautsprecher verbunden und tanzt im Schlafanzug. Es ist ein Weihnachtsschlafanzug, die kleinen Weihnachtsmänner hüpfen auf und ab. Ich stehe auf, tanze ebenfalls. Bald bewegen wir uns alle, ein enthusiastischer, plumper Hüpftanz mitten in der Küche, bis wir atemlos und verschwitzt sind. Glaubst du, die Nachbarn haben uns gesehen, fragt mein Mann grinsend.

Homeschooling. Früher hieß das noch Hausunterricht, ein Wort, das ich mit Weltumseglern und Sekten in Verbindung brachte. Den Jüngsten zu unterrichten ist wie über Klebstoff zu laufen. Bist du in der Schule auch so, frage ich, kannst du dich wirklich nicht länger als zwei Minuten am Stück konzentrieren und musst du tatsächlich ununterbrochen gähnen? Neeee, antwortet er, lässt den Kopf seitlich auf den Tisch sinken und legt eine Zeitung darüber. Du musst dir wenigstens ein bisschen Mühe geben, sage ich, du musst es wenigstens versuchen. Jaaaa, sagt er, während er vom Stuhl rutscht, an irgendeinem Kabel herumnestelt und schließlich ganz auf dem Boden liegt. Ich atme mehrmals tief ein und aus, mein Puls rast, mein Hals wird eng. Aber ich schaffe es, nicht laut zu werden, jedenfalls fast.

Pause, rufe ich. Ab an die frische Luft! Die Sonne scheint, aber der Wind ist kalt. Einen solchen Wind hat meine Mutter früher, als ich klein war, *scharf und gefährlich* genannt. Wir sollten uns jetzt besonders vor dem Wind in Acht nehmen, denke ich, wir dürfen nicht krank sein, nicht mal erkältet. Denn eine Erkältung ist gleichbedeutend mit Quarantäne.

Ich schnappe mir einen verrosteten Unkrautstecher vom Rasen und grabe damit in der Erde herum. Die Wurzeln lösen sich, ich ziehe die Pflanzen heraus, habe aber nichts, worin ich sie sammeln kann. Ich werfe sie auf einen Haufen. Weiß, dass der Wind ihn erfassen und wegwehen kann und daraus neue Pflanzen entstehen können, dass ein winziges Wurzelstück genügt, um ein ganzes Feld mit Giersch sprießen zu lassen, aber ich gehe nicht hinein, um eine Tüte zu holen, wühle stattdessen weiter in der Erde, mit dem Unkrautstecher, der nach Eisen riecht.

Ich google Erde. Ich überlege, ob ich eine ganze Fuhre anliefern lassen kann, weiß aber nicht, wo genau im Garten ich sie abladen lassen könnte und was für eine Erde ich kaufen sollte. Wahrscheinlich müsste man sie direkt vor das Haus kippen, wo der Lastwagen heranfahren kann. Einen riesigen Berg. Es ist gerade sehr windig, und der Wind kann die Erde leicht aufwirbeln und im ganzen Garten verteilen. Ich müsste sehr schnell arbeiten, um das zu verhindern. Ich sehe all die Schubkarrenladungen vor mir, die ich ans Ende des Gartens schieben muss; von dort bis ans andere Ende, wo ich mir meine Gemüsebeete wünsche. Es wäre eine wahnsinnige Arbeit. Aber immerhin eine Beschäftigung.

Mein Mann kommt mit einer Tasse Kaffee herein. Er spricht von Entlassungen, von Ladenschließungen, davon, fast den ganzen Betrieb einzustellen. Er sagt es so ruhig; ich verstehe immer noch nicht, wie er so ruhig bleiben kann. Aber sie werden auch wieder öffnen, sagt er, wir werden wieder öffnen, wenn das alles vorbei ist, und es wird gutgehen.

Ich denke viel an unseren staatlichen Ölfonds, dass wir lange über die Runden kommen, dass wir Geld haben, das wir in die norwegische Wirtschaft pumpen können. Allerdings haben nur wir diesen Fonds, und wenn der Rest der Welt von der Krise in den Abgrund gerissen wird, hilft es nicht viel, dass wir sie durchstehen würden. Das ist mir klar, obwohl mich allein das Wort Ölfonds mit Erleichterung erfüllt.

Hinter der Erleichterung liegt allerdings auch eine Wohlstandsscham, und all die Fragen: Warum hatten ausgerechnet wir so ein Glück, womit haben wir das verdient?

Ich hatte besonderes Glück. Seit sich meine Bücher verkaufen, muss ich nicht mehr über Geld nachdenken. Das große Haus, unsere Ferienhütte, die Ersparnisse auf der Bank; ich schäme mich ziemlich oft für alles, was ich habe.

Eine vollkommen unnötige Scham, ich schäme mich auch für meine Scham. Ich bin eine Zwiebel, Schicht für Schicht mit unnötigen Gefühlen.

Heute sind in Norwegen drei Menschen gestorben. Insgesamt sechs. Jedes Jahr sterben tausende Menschen an Grippe. Drei sind so gut wie nichts. Was gerade so schmerzt, ist das Warten.

Der Programmverantwortliche der Diskussionssendung mit der Wissenschaftlerin übt sich in Selbstkritik. Ich auch, ich hätte es besser wissen müssen, denke ich, mein Mann und ich hätten es wissen müssen. Wir hatten uns von der Angst mitreißen lassen. Ich verstehe nicht, was uns so sehr an der Angst fasziniert. Das Sensationelle, die Spannung? Wahrscheinlich zieht uns das ebenso an, wie wir von Horrorfilmen, Krimis und grausamen Geschichten angezogen werden. Die Furcht bewahrt uns vor der Langeweile.

Aber ist meine Furcht wirklich echt? Die Gefahr ist ja noch gar nicht da, keiner kennt das genaue Ausmaß, die Sonne scheint, wir haben Essen auf dem Tisch, Licht in den Lampen und das Internet direkt in der Hand. Vielleicht lote ich in Wirklichkeit meine eigene Angst aus, wenn ich auf die Sensationsschlagzeilen klicke, vielleicht kann ich es mir erlauben, weil ich mich immer noch sicher fühle. Vielleicht versuche ich herauszufinden, wie viel Angst ich selbst ertragen kann?

Mein Mann steht mit hängenden Armen mitten im Wohnzimmer. Was für einen Tag haben wir heute, fragt er, ich weiß es nicht mehr. Heute ist Mittwoch, sage ich, nein, Donnerstag, ist heute nicht Donnerstag? Keine Ahnung, sagt er.

Ich starre auf meinen Bildschirm, auf all meine Notizen, alles, was ich für den Roman geplant habe, an dem ich arbeite.

Gearbeitet habe.

Ich werde das Gefühl nicht los, in eines meiner eigenen Bücher geraten zu sein. Aber wenn ich schreibe, habe ich alle Macht. Jetzt bin ich machtlos.

In meinen Romanen habe ich versucht, Katastrophen zu deuten, ich habe den Geschichten der Menschen einen Anfang, eine Mitte und ein Ende gegeben. Aber jetzt bin ich hier, in der Wirklichkeit, in einer Erzählung über uns. Sie ließe sich leicht als Tragödie lesen. Jahrelang haben wir uns lieber durch die Lüfte bewegt, als auf dem Boden zu bleiben, sind immer höher geflogen, immer weiter, bis wir nicht mehr wussten, wo wir hinwollten oder wo wir herkamen, bis die Bewegung keinen Wert mehr hatte. Wir haben uns für den eigenen Vorteil entschieden, wieder und wieder, für unsere eigene Zeit und nicht für das, was nach uns kommt. Wir haben es nicht aus bösem Willen getan, wir haben diese Entscheidungen einfach nur getroffen, weil wir Menschen sind, im Guten wie im Schlechten. Und jetzt brennen unsere Flügel, und überall auf der Welt stehen die großen Metallvögel auf den Flughäfen herum, rosten vor sich hin und werden vielleicht nie wieder starten.

Ich erinnere mich an eine *Seinfeld*-Folge, in der George testen wollte, was ihm seine neue Freundin alles durchgehen lassen würde. Erst testete er, ob sie es akzeptieren würde, wenn sie Sex hatten und er dabei Baseball schaute. Dann testete er, ob sie es akzeptierte, wenn sie Sex hatten und er dabei Baseball schaute und ein Pastrami-Sandwich aß. Das wurde ihr dann doch zu viel. Und sie machte Schluss. »Ich wollte zu hoch hinaus, auf Flügeln aus Pastrami«, klagte George daraufhin Jerry gegenüber. *I flew too high on wings of pastrami.* Diesen Satz zitieren mein Mann und ich seither oft, wenn wir uns zu viel wünschen, meistens als Hinweis: Du, jetzt hast du Pastramiflügel.

Der Unterschied zwischen dieser tragischen Geschichte und einer fiktiven Erzählung: Es gibt keine Hauptfigur. Es gibt auch kein richtiges Ende, denn das Virus wird die Welt verändern, und zwar dauerhaft.

Ich werde vom Jüngsten unterbrochen, der mit einem iPad in der Hand hereinkommt. Mama, du musst dich hier einloggen, damit ich die App benutzen kann. Zum

Englischlernen. Frag Papa, sage ich. Der macht gerade Essen und hat gesagt, ich soll dich fragen. Ich stehe auf und rufe die Treppe hinunter: Ich habe nur drei Arbeitsstunden am Tag, kann ich nicht wenigstens in diesen drei Stunden meine Ruhe haben!

Das Trampolin ist jetzt fertig montiert, aber das Netz ist in einem schlechteren Zustand, als der Verkäufer behauptet hat, jedes Mal, wenn die Kinder darauf springen, reißt es ein bisschen mehr ein. Wir müssen uns beschweren, sage ich, wir müssen unser Geld zurückverlangen. Außerdem ist es viel zu groß.

Aber keiner von uns kann sich dazu aufraffen.

Ich backe Brot. Knete mit energischen Bewegungen den Teig in der Schüssel. Es ist eine Backmischung, Großmutters Graubrot. Am Ende hat es die gleiche Farbe wie Sägemehl. Ein misslungener Versuch der Selbstversorgung, denke ich.

Wir essen jetzt so viel. Mehrere Brote am Tag. Und schaffen es nicht mehr, regelmäßige Mahlzeiten einzuhalten. Wir holen uns ständig ein bisschen Essen, krümeln auf die Arbeitsfläche, nur eine Scheibe Brot auf einmal, wir haben keine Lust, uns richtig satt zu essen.

Das Essen wird teurer werden, schreiben die Zeitungen. Vieles wird teurer werden, denn die Krone steht so niedrig wie nie. Fahrräder, Waschmaschinen, Gartenmöbel, alle Plastiksachen, die unseren Müllberg anwachsen lassen.

Ich versuche meinen Mann zu überreden, dass wir uns *iHuman* ansehen, einen Dokumentarfilm über künstliche Intelligenz. Wie extrem gefährlich künstliche Intelligenz für uns Menschen sein kann. Ich schaffe das nicht, sagt mein Mann, ich verkrafte wirklich nicht noch mehr Horror. Vielleicht ist es eine Art Gegengift, sage ich, Minus und Minus ergibt Plus, vielleicht hilft es, an etwas anderes Gefährliches zu denken. Er findet meine Argumente nicht überzeugend, und wir beschließen, noch etwas mit dem Film zu warten. Stattdessen sehen wir eine neue Folge der Gartensendung.

Anschließend versuche ich zu lesen. Auf einem Stapel auf dem Tisch liegen Emily Brontë, Linda Bostrom Knausgård und Naomi Klein. Klassiker, Gegenwartsliteratur, Sachbuch. Ich nehme ein Buch nach dem anderen zur Hand, blättere darin. Plötzlich wird mir zu warm, ich ziehe meinen Pullover aus, doch der Wollstoff des Sofas kratzt auf meiner Haut.

Mein Ältester kommt von draußen herein. Er war allein in der Dunkelheit spazieren. Im Haus ist es still, die beiden anderen schlafen schon. Das geht nicht, sagt er und setzt sich an den Küchentisch. Was denn, frage ich. Die Tage verschwinden einfach, ich kriege nichts auf die Reihe, antwortet er, nichts von dem, wozu ich Lust hätte. Wirklich nicht, frage ich und setze mich ihm gegenüber. Es sind sechs Sachen, sagt er, ich habe herausgefunden, dass es sechs Dinge am Tag zu tun gäbe, die wichtig für mich sind. Aha, sage ich, und was sind das für Sachen? Zeichnen, antwortet er, lesen, Filme gucken, lernen natürlich, Sport machen und Freunde treffen. Mir fällt auf, dass die Zeit mit seiner Familie nicht auf der Liste steht. Ich muss meinen Tag besser planen, sagt er, damit ich alles hinbekomme. Ja, sage ich, aber das ist ja auch ganz schön viel. Ich glaube, ich muss früher aufstehen, sagt er.

Donnerstag, 19. März

Dies ist der neue Alltag. Zehn Tipps für Ihren neuen Alltag. So bewältigen Sie den neuen Alltag. Heißt es in den Medien. Kann etwas wie dies tatsächlich zum neuen Alltag werden – so schnell?

Bei aller Machtlosigkeit, die ich angesichts der Klimakrise verspürt habe, habe ich noch nie so etwas empfunden wie meine jetzige Furcht. Dieser ewige Reigen von Wörtern in meinem Kopf, das kann nicht passieren, das kann doch nicht wirklich passieren. Das panische, nächtliche Aufwachen, die ständigen Versuche, seine eigenen Gedanken zu sortieren, in die Zukunft zu blicken, wenn das jetzt passiert, wie wird es in einem Monat aussehen, in einem Jahr. Gepaart mit der Gewissheit, dass ich, wie alle anderen auch, keine Antwort darauf habe. Angesichts meiner Klimafurcht habe ich Bücher geschrieben, ich habe geredet, Menschen erreicht, und ich bekam Rückmeldungen, dass es mir tatsächlich gelungen war, etwas zu ändern. Jetzt schaffe ich es nicht mal, an einem der vielen digitalen Literaturfestivals teilzunehmen, die gerade veranstaltet werden, ich fange Texte an und strande jedes Mal.

Aber der Tag beginnt mit einer guten Nachricht: In den letzten vierundzwanzig Stunden wurden in Wuhan keine Neuinfektionen registriert … Obwohl wir nicht wissen, ob die Zahlen aus China stimmen.

Seit einer Woche befindet sich das Land im Lockdown, aber es kommt mir vor wie ein Monat. Man kann, rein theoretisch, in der Zeit in die Zukunft reisen. Nur dort lassen sich Antworten finden. *Ich denke, ich glaube, ich hoffe, ich habe Angst vor.* Glaube, Hoffnung, Furcht sind plötzlich Wörter, die wir die ganze Zeit benutzen.

Der Jüngste ist noch nicht alt genug, um sich zu beherrschen, wenn direkt vor seiner Nase etwas Verlockendes auftaucht. Ich denke viel darüber nach, wie schwierig ich es finde, meine eigenen Kinder zu unterrichten. Wie deprimierend es ist, dass er die ganze Zeit vor seinem iPad hocken muss. Kaum habe ich das Zimmer verlassen, geht er auf YouTube.

Und ich denke an die Lehrer, an die Lehrer, die ich kenne, wie es ihnen geht, und woran sie jetzt vielleicht denken. Ob sie an das Mädchen denken, das alle Bücher in der Schule vergessen hat und jetzt keine einzige Aufgabe erledigen kann. Ob sie an die Zehnjährige mit ADHS denken, die in einer viel zu engen Wohnung lebt, allein mit ihrem Vater, der bei der Müllabfuhr arbeitet und arbeiten gehen muss, ob sie daran denken, was das Mädchen den ganzen Tag macht. Ob sie an den netten Jungen in der Oberstufe denken, der unter Depressionen leidet und plötzlich nicht mehr auf ihre E-Mails antwortet. An all die anderen Teenager, die gerade die Nächte durchmachen, die wie Zombies durch die Gegend laufen, im völligen Ungleichgewicht mit dem Licht und der familiären Gemeinschaft, an der sie teilhaben sollen. Und an die Lehrpläne, vielleicht denken sie an Lehrpläne, an Lernziele, wie sie der Klasse jetzt die Ursachen und Folgen des Ersten Weltkriegs erklären sollen, und wie um alles in der Welt sie ordentliche Noten vergeben sollen. Und sie denken an Lernprogramme wie *itslearning* und *Salaby,* an *Teams* und an *Portalen*, die SchulApp, die ständig unter den vielen Nachrichten zusammenbricht. Vielleicht denken sie auch daran, dass sie ihre Schüler vermissen, an das morgendliche Händeschütteln in der Tür, an den Geruch von Kinderhaaren und Schweißfüßen. Und vielleicht denken sie auch, dass sie wütend sind, genauso wütend und verzweifelt wie ich, ohne genau zu wissen, auf was.

Doch, ich bin wütend auf das Virus, wir sind wütend auf das Virus. Aber wenn man auf etwas wütend ist, das keinen eigenen Willen hat, ist es eine Wut ohne Kurs, ohne Ziel. Unsere Gefühle sind wie die Stelle, an der zwei Meere aufeinandertreffen, eine Bewegung mit einer heftigen Kraft, aber ohne Richtung.

Meine Großmutter weiß nichts über meine Wut. Sie sieht keine Nachrichten, sie kommt nicht hinaus, und keiner kommt zu ihr herein, auch nicht die Welt.

Vor ihrem Fenster liegt ein Feld. Es ist eine schöne Aussicht, ruhig, tiefe Furchen im Herbst, grüne Keime im Frühling, gelbe Ähren im Sommer. Sie sitzt dort am

Fenster und hat das Feld direkt vor Augen, aber sie sieht so schlecht, dass sie gar nicht mitbekommt, wie die Keime zu Ähren werden. Meine Großmutter sieht nichts, und sie erinnert sich nicht mehr an die Tage, die Jahre. Die Zeit ist nicht mehr wichtig für sie. Ich hoffe, das gilt auch für diese Zeit.

Kann ich Erde bestellen, frage ich meinen Mann, während er die Spülmaschine ausräumt, wäre es in Ordnung für dich, wenn ich eine Ladung Erde bestelle. Die Kommune liefert Erde, in guter Qualität, kein Torf, den soll man ja nicht kaufen, habe ich gelesen. Eine Ladung Erde, sagt er, wo soll die denn hin? Tja … sage ich, erstmal müsste sie natürlich am Rand des Gartens abgeladen werden, wo der Lastwagen heranfahren kann. Du wirst den Rasen kaputtmachen, sagt er, und wer soll die ganze Erde mit einer Schubkarre bis in den Küchengarten bringen? Ich, sage ich, ich werde das tun. Du wirst mich am Ende doch wieder um Hilfe bitten, sagt er. Und wenn wir etwas gerade nicht brauchen, dann ist es noch eines deiner Projekte, so wie das Trampolin. Er nimmt die letzten Teller heraus und schließt die Maschine ganz ruhig wieder. Ich wische den Tisch ab, ohne noch mehr zu sagen.

Es hätte sich zu einem Streit auswachsen können, es hätte in einem Streit über frühere Projekte enden können, wer was wollte und wer nicht, es hätte sich darin wieder einer dieser großen Unterschiede zwischen uns zeigen können, die dazu führen, dass wir uns lieben, uns aber auch ständig auf die Probe stellen. Ich mache eine Wäsche an, sagt er und geht zur Kellertreppe. Wirft mir nur einen vorsichtigen Blick zu, ehe er nach unten verschwindet.

Und ich bestelle keine Erde, denn ich weiß ja ganz insgeheim auch, dass ich (wir) nicht noch ein Projekt brauche(n). Die Medien präsentieren ständig Tipps, welche Filme man jetzt endlich sehen und welche Bücher man lesen kann, weil man plötzlich so viel Zeit hat. Ich vermisse Beiträge darüber, wie man das alles schaffen soll, wenn man gleichzeitig auch Lehrerin und Haushaltshilfe in Vollzeit ist.

Aber die Komposteimer, die ich im Internet bestellt habe, werden geliefert. Bokashi, Kompost für Ungeduldige. Jetzt werde ich meinen eigenen Dünger herstellen, und das ist kein kurzlebiges Projekt, sondern etwas Beständiges. Ich sehe vor mir, was ich alles in die Erde pflanzen könnte, ich möchte mehrere Hochbeete im Garten anlegen, einen richtigen Küchengarten, mit einfachem Gemüse wie Karotten, Tomaten in einem Treibhauszelt und vielleicht sogar einem kleinen Kartoffelacker. Eine Blumenwiese will ich auch säen, damit wir nicht mehr so einen großen Rasen haben, der ständig gemäht werden muss, und die Insekten einen Ort haben, wo sie herumsummen können. Aber ich brauche mehr Erde, als ich selbst herstellen kann, und außerdem brauche ich ein Treibhauszelt und Samen. Und Zeit natürlich.

Die Regierung will ein Notgesetz verabschieden, das ihr mehr Machtbefugnisse einräumt. Das erschreckt mich. Der Ölfonds ist schon um ein Fünftel geschrumpft. Das erschreckt mich noch mehr.

Ich veröffentliche meinen kurzen Text, den ich über die Lehrer geschrieben habe, auf Facebook, nachdem ich ihn zugespitzt und um einen Absatz ergänzt habe. Ich schreibe, dass wir die Lehrer anfeuern, in unseren *home offices* sind wir ihre *home audience*, und ich hoffe, sie hören den Applaus. Der Beitrag bekommt Likes und wird geteilt, und so geht es immer weiter. Der Norwegische Rundfunk greift ihn auf und veröffentlicht ihn. Lisa Aisato veröffentlicht ihn mit einer Illustration. Im Laufe des Nachmittags geht er viral. Ich bleibe sitzen und verfolge die Entwicklung, sehe mir die Kommentare an, die Dankbarkeit der Lehrer, die vielen Herzen. Sie danken mir, weil ich ihnen danke. Die Reaktion auf meine Zeilen macht mich glücklich, beschämt mich aber auch. Denn warum habe ich sie gepostet? Ja, ich habe es getan, weil ich den Lehrern zeigen wollte, wie sehr ich sie schätze. Aber steckte vielleicht auch etwas anderes dahinter? Wollte ich selbst gesehen werden? Mich nützlich fühlen?

Im Laufe des Nachmittags schaffe ich es, nicht mehr auf Facebook zu gehen, nicht weiter zu beobachten, wie sich mein Text verbreitet. Stattdessen klappe ich den Laptop zu und mache einen kurzen Spaziergang. Überall schlagen die Bäume aus, die Krokusse stecken ihre Köpfe aus der dunklen Erde.

Bald werden die Schafe lammen. Und später werden die Erdbeeren blühen, und dann wachsen, erst weiß und schließlich immer röter und süßer. In diesem Jahr stehen allerdings keine polnischen Gastarbeiter mit geringen Lohnansprüchen und flinken Fingern zur Verfügung, um die Erdbeerfelder abzuernten. Ich sehe schon die arbeitslosen Friseure und Ingenieure auf Knien zwischen den norwegischen Erdbeeren liegen, ich sehe Aktienhändler in feinen blauen Anzügen, die schwitzen, während sie sich die Knie mit Erde beschmutzen, blasse Bürogesichter, die braun und sommersprossig werden, italienische Lederschuhe voller Schlamm und Seidenkrawatten, die am Straßenrand entsorgt wurden.

Operationen von Krebspatienten werden verschoben, es sei denn, der Krebs ist schon weiter fortgeschritten. Ich denke an den Knoten in meiner Brust, und ich denke an etwas, was die Ärztin außerdem noch in meiner Gebärmutter entdeckte, auch eine Art Knoten, kein Grund zur Sorge, meinte sie, aber er müsse trotzdem genauer untersucht werden.

Wenn etwas sein sollte, werden sie Leuten wie mir doch hoffentlich den Vorzug geben, den Müttern? Sie werden doch wohl nicht das Leben von ansonsten gesunden Vierzigjährigen riskieren? Ich fürchte mich mehr davor, selbst zu sterben, als davor, dass eines meiner Kinder stirbt. Nicht meinetwegen, sondern ihretwegen. Ich habe panische Angst davor, dass sie Waisen werden könnten. Ich habe keinen Plan B. Meine Eltern sind zu alt. Meine Brüder haben selbst zu viele Kinder.

Heute gab es einen weiteren Todesfall in Norwegen. Die meisten Infizierten sind Skiurlauber, die aus Österreich zurückgekehrt sind. Wir bezahlen für unsere globale Ausbreitung.

Schon wieder dieses Wort, *Ausbreitung*.

Aber selbst wenn wir nicht ausgerechnet in dieser Woche Winterferien gehabt hätten, und wenn nicht alle Touristen nach Österreich und Italien gefahren wären, hätte uns das Virus inzwischen erreicht. So wie der Schwarze Tod oder die Spanische Grippe. Ein Virus, oder ein Bakterium, findet so oder so seinen Weg, es hat keinen eigenen Willen und ist dennoch unbezwingbar. Gegen etwas so Winziges kann man sich unmöglich wehren. Das ist das Paradox: Je kleiner etwas ist, desto schwerer kann man sich davor schützen.

Ich gehe mit einer Freundin spazieren. Sie ist verantwortlich dafür, dass die Studenten an der Musikhochschule weiterhin den Unterricht bekommen, den sie brauchen. Sie arbeitet rund um die Uhr, um etwas eigentlich Unmögliches umzusetzen. Was ist mit *Skype*, frage ich, was ist mit *Teams*, kann man sie denn nicht online unterrichten? Das geht nicht so einfach, sagt sie, die Kirchenorgel-Studenten haben ihre Instrumente ja nicht zu Hause, oder auch Bands, die können über *Teams* nicht zusammen spielen. Jetzt müssen wir nur irgendwie die Prüfungen über die Bühne bekommen, ich habe keine Ahnung, wie wir das machen sollen.

Wir klammern uns ans Internet, wir versuchen, mit dem Internet alles zu ersetzen. An diesem Abend feiert ein Sachbuchautor, den ich kenne, seine Buchpremiere, online. Er hält einen Vortrag vor einem leeren Saal. Die Rückmeldungen strömen herein. Ich selbst werde gebeten, aus einem Buch vorzulesen, das noch nicht erschienen ist, in einer Art Livesendung. Diesmal sage ich zu, weil der Verlag meint, es sei eine gute Vorabreklame. Wir wurden auf Bild und Ton reduziert. Wie lange können wir damit leben? Wir brauchen unsere Körper, unser Lächeln, eine dreidimensionale Mimik, wir brauchen das Händeschütteln, die Umarmungen, den Geruch der anderen.

Mein Mann und der Älteste lassen sich doch überreden, *iHuman* zu sehen. Der Film ist gut, und erschreckend, und trotzdem fallen mir die Augen zu. Meine Furcht vor *big data,* davor, was das Internet und die sozialen Medien und zu viel Unterhaltung mit uns anstellen, scheint verschwunden. In diesem Moment habe ich einen unersättlichen Informationsbedarf. Mich zu informieren gibt mir ein Gefühl von Kontrolle.

Ich betrüge mich wissentlich selbst, denn obwohl ich mich jederzeit informieren kann, habe ich noch lange nichts im Griff.

Kurz bevor ich ins Bett gehe, schalte ich mein Handy wieder ein. Ich bleibe lange sitzen und lese Nachrichten über die Lage in Italien. Mir wird schlecht. Kannst du bitte auf mich aufpassen, sage ich zu meinem Mann, als wir ins Bett gehen, kannst du aufpassen, dass ich nicht kurz vor dem Einschlafen auf mein Handy schaue.

Freitag, 20. März

Der Elfjährige fängt noch vor dem Frühstück an, auf dem Sofa seine Schulaufgaben zu machen, will alles schnellstmöglich erledigen. Nach einer Weile kommt auch der Jüngste nach unten. Er ist sauer, weil der Mittlere schon so viel geschafft hat, er windet sich wie eine Schlange auf dem Sofa und tritt gegen den PC des Mittleren, der erstaunlicherweise einfach weiterarbeitet.

Die Tage sind so einförmig, jeder Tag ist auf dieselbe Weise organisiert. Wenn die Furcht nicht allzu sehr in mir brennt, empfinde ich eine aufkeimende Langeweile. Wie einen Juckreiz. Doch sobald sich die Langeweile zu sehr in mir auszubreiten droht, gewinnt die Furcht wieder die Oberhand. Ich lese, dass ein Journalist, den ich kenne, erkrankt ist. Lese etwas über die Symptome. Über ein Fest, das seine Frau am 7. März besucht hat, auf dem sich viele angesteckt haben. Ich kenne einige Leute, die auf dem Fest waren. Und mehrere berichten, dass auch sie erkrankt sind.

Der Jüngste findet im Flur eine Luftmatratze, die zusammengefaltet im Karton liegt. Der Nachbar hatte sie sich für seine Übernachtungsgäste ausgeliehen, bevor alles anfing, und sie gestern wieder zurückgebracht. Während ich ihm den Rücken zugekehrt habe, hat der Jüngste schnell die Matratze aus dem Karton gezerrt und angefangen, sie aufzublasen. Was machst du denn da, frage ich, als würde ich es nicht mit eigenen Augen sehen. Ich möchte darauf liegen, sagt er. Nein, sage ich, wir wollen diese Matratze nicht hier im Wohnzimmer haben, es ist schon eng genug. Ich will aber, sagt er. Der Geruch von Gummi verbreitet sich im ganzen Zimmer. Das erlaube ich dir nicht, sage ich, lass die Luft wieder raus, siehst du, jetzt müssen wir sie wieder klein machen, es wird wahnsinnig schwierig, sie in den Karton zu kriegen. Menno, sagt er, ich habe überhaupt kein eigenes Leben. Nein, denke ich, während ich versuche, die Luftmatratze samt Luft wieder in den Karton zu stopfen. Ich auch nicht.

Diese schnellen Wechsel. Im einen Moment arbeiten die Kinder konzentriert an ihren Sachen, im nächsten Moment streite ich mich mit einem von ihnen über irgendetwas. Diesmal geht es darum, ob man die Pause draußen verbringen muss oder nicht. Es ist so kalt, sagt er, ich friere. Dann darfst du heute Nachmittag nicht spielen, sage ich, du darfst nicht spielen, wenn du die Pause nicht im Freien verbringst. Ich bereue es im selben Moment, als ich es sage, weil ich weiß, dass er seinen besten Freund jetzt nur noch über die Playstation treffen kann. Dass die Playstation einmal ein Segen sein könnte, wer hätte das gedacht.

Dann ist der Elfjährige auf einmal verschwunden. Seine Schuhe stehen nicht mehr im Flur. Ich höre, wie mein Mann im Homeoffice mit jemandem telefoniert. Ich öffne die Tür, flüstere ihm zu, dass unser Sohn abgehauen ist. Er verzieht das Gesicht, während er weiterhin kontrolliert in den Hörer spricht. Ich sage zum jüngsten Sohn, jetzt musst du ein bisschen selbstständig arbeiten, verstehst du, jetzt musst du dich zusammenreißen. Dann gehe ich hinaus, setze mich ins Auto, fahre durch unser Viertel und suche. Ich halte nach dem trotzigen Rücken meines Kindes Ausschau, im Wald hinter den Häusern, auf dem Fußweg zur U-Bahn, doch ich kann ihn nirgends sehen. Ich fahre wieder zurück, parke das Auto, versuche mit dem Bauch zu atmen.

Mein Mann ist aus dem Arbeitszimmer runtergekommen, hat Äpfel aufgeschnitten, redet mit ruhiger Stimme. Dann steht der verschwundene Sohn plötzlich im Flur. Er vermeldet, er hätte einen langen Spaziergang gemacht. So kalt war es wohl doch nicht. Die Kinder essen Äpfel und arbeiten wieder konzentriert. Er hatte nur Hunger, denke ich. Ich vergesse immer noch, wie empfindlich sie dann sind.

Wenn das alles vorbei ist, müssen wir ein großes Fest veranstalten, sagt unser Nachbar. Dann werden wir uns alle umarmen und den langen Tisch im Garten decken und einfach nur zusammensitzen, alle miteinander. Ich stelle mir die Tage nach Kriegsende im Jahr 1945 vor, oder den Tag, als die Norweger die Brasilianer im Fußball schlugen. Wie wir im ganzen Land feiern werden. Irgendwie kann ich mir aber doch nicht vorstellen, dass es so kommen wird. Denn ein Virus ist kein normaler Gegner, wir können nicht eines Tages beschließen, dass es vorbei ist, kein Politiker oder Militärführer kann den Sieg verkünden, und damit werden wir auch keinen genauen Zeitpunkt haben, ein festes Datum und eine Uhrzeit für eine Feier und die nachfolgenden Jubiläen. Wir werden keinen 8. Mai des Coronavirus bekommen. Irgendwann wird das Virus verschwinden, aber das wird schrittweise geschehen, es wird genauso schleichend verschwinden, wie es gekommen ist. Und wenn wir dann endlich feiern dürfen, in den Straßen singen und Wildfremde umarmen, haben wir vielleicht längst nicht mehr das Gefühl, eine Pandemie zu erleben. Ich kann mich jedenfalls nicht erinnern, je von einem Jahrestag zum Ende der Spanischen Grippe gehört zu haben.

Die Kultusministerin sagt, die Kultur sei wichtiger denn je. Wir sagen uns das auch gegenseitig, sehen unsere Konzerte im Netz oder hören unsere Lesungen. Aber manchmal beschleicht mich das Gefühl, dass wir es nur sagen, oder online schreien, mit GROSSBUCHSTABEN (denn Großbuchstaben sind das Lauteste, was uns derzeit zur Verfügung steht), weil wir eigentlich Angst haben, unnütz zu sein, überflüssig zu sein; weil wir keine Krankenpfleger oder Reinigungskräfte oder Müllmänner sind.

Nützlich, so ein langweiliges Wort, geradezu protestantisch in seinem Pflichtbewusstsein. Aber für andere nützlich zu sein, von anderen gebraucht zu werden, ist fast genauso wichtig, wie sich geliebt zu fühlen.

Ich rufe meine Mutter an. Sie sagt, es gehe ihr gut. Es ist Frühling, sie sitzt jeden Tag in der Sonne und dreht lange Runden mit ihren Nordic-Walking-Stöcken. Außerdem hat sie ein Kilo zugenommen. Du brauchst mich nicht jeden Tag anzurufen, sagt sie, mir geht es gut, meinetwegen müssen wir nicht jeden Tag telefonieren. Gut, sage ich. Das ist gut.

Aber die Todeszahlen in Italien steigen. Die Berichte aus den italienischen Krankenhäusern zerreißen einem das Herz. In Mailand werden Soldaten eingesetzt, um die Ausgangssperre zu überwachen. Dies ist mein Italien, denke ich, das Land, in das ich so oft beruflich gereist bin, die Städte, in denen ich Lesungen hatte, befreundete Kollegen, mit denen ich lange beim Essen saß. Ich kann nicht begreifen, dass in denselben Städten, durch die ich an hellen Frühlingsabenden spaziert bin, jetzt gepanzerte Autos Leichen durch die Straßen transportieren. Dass in den Kapellen, in denen ich war, um mir die Glasmalereien anzusehen, jetzt jede halbe Stunde eine Beerdigung stattfindet.

Ich bekomme einen Brief von der Universitätsklinik Oslo mit der Nachricht, dass sie damit rechnen, mir in Woche 15 einen Termin anbieten zu können. Ich weiß nie, in welcher Woche ich mich befinde, und muss im Kalender nachgucken. Woche 15 ist die erste Aprilwoche. Noch drei Wochen. Das ist viel zu lange. Bis dahin könnte es bei uns so sein wie in Italien, und dann bekomme ich nie einen Termin.

Der Knoten ist hart und rund, aber ich kann ihn mit den Fingern hin- und herschieben, das ist bestimmt ein gutes Zeichen.

Das Alter der schwer erkrankten Corona-Infizierten wird veröffentlicht. Vielleicht wusste mein Bruder das schon, als er mit mir gesprochen hat, vielleicht steckte das hinter der Angst der Verwandten meiner Nachbarin. Denn sie sind jung, viele der Schwerkranken sind jung. Elf von 34 Patienten sind unter 50 Jahre alt. Der Gesundheitsminister sagt, die Zahlen würden ihn erschrecken. Ich zähle, wie viele meiner Freunde Asthma haben. Viel zu viele. Ich zähle, wie viele meiner nahen Angehörigen zur Risikogruppe zählen: meine Mutter, mein Vater, meine Bonusmutter, drei gute Freunde, meine Großmutter, der kleinere Zwilling.

Aber der Himmel über Peking ist blau. Das Wasser in den Kanälen Venedigs sei klar, heißt es, aber vielleicht sind das auch Fake News.

Wir sehen zwei Folgen einer Reality-Show. Die ganze Familie kuschelt sich auf dem Sofa zusammen und hat ihren Spaß. Ich spüre die Wärme von den Körpern der Kinder und rieche die Süßigkeiten in der Schale vor uns auf dem Couchtisch. Doch als wir den Fernseher ausschalten, erinnere ich mich wieder an alles, und die Panik geht mit mir durch. Ich unternehme keinen Versuch, sie zu bremsen. Die Kinder gehen schlafen, und ich sehe weiter Fernsehen. Nachrichten, Nachrichten, Nachrichten. Und als auch mein Mann ins Bett geht, bleibe ich mit dem Laptop auf dem Schoß sitzen und lese weiter. Ich muss damit aufhören, morgen muss ich eine Pause von allem machen, von den Nachrichten, und auch vom Schreiben.

Samstag, 21. März

Ich werde früh wach, bleibe aber noch einige Stunden liegen und döse, tauche in chaotische Träume ein und wieder auf. In allen geht es um das Virus, ich bin im Krankenhaus, auf der Intensivstation, umgeben von grün gekleidetem Personal mit Mundschutz. Irgendwann kämpfe ich mich doch an die Oberfläche und aus dem Bett. Mein Mann und die beiden Jüngeren sitzen im Wohnzimmer auf dem Fußboden. Sie haben ein Puzzlespiel mit tausend Teilen hervorgekramt. Eigentlich wollten wir es auf dem Flohmarkt verkaufen, konnten uns nie vorstellen, ein so großes Puzzle zu legen. Jetzt beugen sich die drei Köpfe darüber, suchen, finden, lachen und schwatzen. So was, denke ich, so was müsste ich auch machen. Doch stattdessen lese ich die Zeitungen. Die Wörter drängen sich auf, ich habe keine Lust, etwas anderes zu tun als zu lesen, immer mehr, und zu schreiben.

18 Millionen Menschen starben im Ersten Weltkrieg. Zwischen 50 und 100 Millionen an der Spanischen Grippe. Warum steht der Krieg in allen Schulen auf dem Lehrplan, wohingegen die Spanische Grippe nicht viel mehr als ein Name ist, der nur beiläufig erwähnt wird? Warum wusste ich bisher nicht, dass 15.000 Norweger daran starben? Warum gibt es Kriegsdenkmäler in ganz Europa, warum feiern wir immer noch den Frieden? Ist es so, dass wir Menschen nur das besprechen, beurteilen, diskutieren und auswerten, worüber wir in irgendeiner Weise die Kontrolle zu haben glauben?

Die Familie zieht und zerrt an mir. Der Jüngste versucht, meinen Laptop zuzuklappen. Und sie haben recht. Es ist Samstag. Heute möchte ich etwas anderes machen. Spazieren gehen. Ich möchte im Garten arbeiten, die welken Pflanzen vom Winter entfernen, Steine versetzen. Und danach möchte ich zwei weitere Folgen dieser Reality-Show mit den Kindern sehen. Aber nicht den Rest, die Nachrichten, das Interview mit der Ministerpräsidentin in der Talkshow.

Aber wir gehen nicht spazieren, wir bleiben zu Hause, finden nie ganz heraus, wozu wir den Tag eigentlich nutzen wollen. Die Kinder verbringen Zeit mit den Nachbarkindern. Der Freund des Jüngsten kommt vorbei. Sie haben sich schon seit anderthalb Wochen nicht gesehen. Der beste Freund hat ein Flugzeug aus Styropor dabei. Es lässt sich vom Wind tragen und schlägt Saltos in der Luft. Die beiden Jungs spielen mit dem Flugzeug, während die Mutter und ich uns unterhalten.

Wie geht es euch, fragen wir einander. Ach, ganz gut, alles in Ordnung. Wir haben das Gefühl, großes Glück zu haben, sagen wir, weil wir Kinder haben, eine Arbeit, eine Familie.

Allein in einer kleinen Wohnung in der Stadt zu leben, Familie in einer anderen Ecke des Landes zu haben, nicht zur Arbeit gehen zu können, sondern von zu Hause arbeiten zu müssen, vielleicht sogar entlassen zu werden. So in den eigenen vier Wänden zu sitzen, Tag für Tag, in einer von den Behörden auferlegten Isolation, bis man denkt, man könne das nicht länger aushalten. Oder dass es das nicht wert sei.

Alle glücklichen Familien sind einander ähnlich, jede unglückliche Familie ist unglücklich auf ihre eigene Weise. Und alle halbwegs harmonischen Familien, die ich kenne, falls man das als Familie überhaupt sein kann, harmonisch, kommen gut durch diese Phase. Das sagen sie alle. Dass es ihnen ganz gut gehe, dass sie mehr Zeit miteinander verbringen würden als je zuvor, die ganze Zeit draußen seien, im Frühlingswetter, dass sie inmitten des ganzen Chaos eine Art Ruhe fänden. Und alle, oder fast alle, sagen, den Kindern gehe es gut. Je jünger sie sind, desto besser geht es ihnen. Sie haben immer Zugang zu ihren Eltern, und ihre Eltern verbringen stundenlang Zeit mit ihnen.

Aber dann sind da noch die anderen Kinder. Jedes fünfte Kind in Norwegen ist ein gefährdetes Kind, habe ich irgendwo gelesen.

Meine Mutter konnte manchmal verzweifelt und wütend sein. Und ich glaube, ich habe ihre Wut als besonders gnadenlos empfunden, weil es nur uns beide gab; außer uns war niemand da, der wieder ein Gleichgewicht herstellen konnte. Ich stelle mir uns beide während einer Pandemie vor, in der engen Wohnung, mit den knappen Finanzen, und ohne andere Menschen um uns herum, die ein Korrektiv gewesen wären, ein Puffer.

Ich glaube, es wäre gut gegangen, ich glaube, wir hätten sogar eine schöne Zeit verbracht, wie in den langen Sommermonaten. Aber manchmal reichen schon kleine Verschiebungen. Wenn meine Mutter nur ein bisschen anders gewesen wäre, hätte die Pandemie einen Kipp-Punkt darstellen können. Ein Kipp-Punkt in unserem eigenen Klima, an dem bleibende Veränderungen in Gang gesetzt worden wären. Meine Mutter hätte eine Mutter sein können, die nicht gern mit mir allein ist, die diese Routinen nicht mag, und die Ruhe, und die Pandemie hätte sie noch unruhiger machen können. Sie hätte in der Wohnung von Fenster zu Fenster gehen können, hinausstarren, den Blick von mir abwenden. Meine Mutter hätte eine Mutter sein können, die sich nicht so gut unter Kontrolle hat. Sie hätte mit dem Geschirr klappern können und mich ausschimpfen, wenn ich im Wohnzimmer auf dem Boden spielte, ich werde noch irre, hätte sie sagen können, verstehst du, das macht mich verrückt. Und sie hätte sich an ihr Telefon klammern können, während ich auf dem Boden saß und versuchte, so leise wie möglich zu spielen, sie hätte mit irgendjemandem da draußen darüber sprechen können, wie elend es ihr gehe, wie eingesperrt sie sich fühle, zusammen mit mir, das gehe nicht mehr. Sie hätte nachts schlaflos auf dem Sofa sitzen können, ein Schatten hinter der Tür, wenn ich zur Toilette schlich. Und sie hätte mehr Rotwein trinken können als eine Flasche pro Woche. Sie hätte einen Rotwein am Dienstag trinken können, und einen am Mittwoch, und nicht bis zum Wochenende warten, denn jetzt leben wir in anderen Zeiten, jetzt brauche ich das, verstehst du. Und die Wut hätte sich über ihre Worte übertragen können, ihre Hände, und in der ganzen Wohnung.

Meine Mutter kommt zu Besuch, und wir drehen eine Runde im Garten. Hier möchte ich alle Steine entfernen, sage ich, und hier möchte ich einen kleinen Acker anlegen, und das alles soll mein Küchengarten werden, und dieser Bereich ist ja total unansehnlich, hier müssen wir dringend was unternehmen. Meine Mutter sieht mich besorgt an. Aber fang nicht alles gleichzeitig an, sagt sie, entscheide dich, was du in diesem Jahr vorziehen willst, und dann erledigst du eins nach dem anderen. Eins nach dem anderen zu erledigen war noch nie meine Stärke, sage ich. Nein, sagt sie, das weiß ich.

Es ist einer dieser Tage, die einfach verschwinden, und ich versetze nicht einen einzigen Stein, fahre stattdessen in ein riesiges Spielzeuggeschäft, um ein Styroporflugzeug für den Jüngsten zu kaufen. Unter Einsatz all seines Charmes erbettelt er sich auch einen Basketballkorb. Anscheinend habe ich all meine Willenskraft verloren. Und all meine Vorsätze, gebrauchte Sachen zu kaufen und nachhaltig zu leben. Ich sehe vor mir, wie der Garten in einem halben Jahr aussieht, wenn das so weitergeht. Ein Wald aus mehr oder weniger untauglichem Spielgerät, produziert in China.

In den letzten vierundzwanzig Stunden sind in Italien 793 Menschen gestorben. Kolonnen von Militärfahrzeugen pendeln vom Krankenhaus zum Krematorium in Bergamo.

Auch an diesem Abend gehe ich hinaus, um die Venus zu sehen. Ich habe gelesen, dass die Erde, die Sonne und die Venus erst in anderthalb Jahren wieder in dieser Konstellation zu sehen sind. Der Planet strahlt hell am Abendhimmel. Noch lange bevor irgendwelche anderen Himmelskörper zu erkennen sind, leuchtet er schon und steht bis Mitternacht über Oslo, wandert dann immer weiter nach unten, ehe er hinter der Stadt verschwindet und den Himmel anderen, kleineren Sternen und Planeten überlässt, und dem Mond, der groß und kalt ist.

Sonntag, 22. März

Warum hast du jeden Tag dasselbe an, Mama, fragt der Jüngste, und warum trägst du den ganzen Tag eine Mütze?

Ich habe angefangen, abends zu duschen statt morgens, und ich habe aufgehört, mich zu schminken. Ich habe schon seit zwei Monaten meine Haare nicht mehr gefärbt, und ich habe Sommersprossen auf der Nase von der vielen Sonne.

Letzte Nacht habe ich geträumt, mein Mann und ich wären auf einem großen Musikfestival gewesen. Ich trug eine Mischung aus Trainings- und Freizeitsachen, und irgendwann fragte er mich, wie ich eigentlich aussähe, dies sei immerhin ein Festival, wir seien doch nicht im Wald. Der Traum endete damit, dass er eine andere Frau heiratete, weil ich so unansehnlich war.

Ich erzähle meinem Mann von dem Traum. Er nimmt mich in den Arm und lacht, ein bisschen resigniert, glaube ich. Es ist vollkommen sinnlos, andere mit Dingen zu konfrontieren, die man von ihnen geträumt hat, sagt er. Ich weiß, sage ich.

Anschließend inspiziere ich meinen Kleiderschrank. Jeder Norweger besitzt im Schnitt 350 Kleidungsstücke, ich weiß nicht, wie viele ich in meinem Schrank habe, aber vermutlich liege ich mindestens im Durchschnitt. Und in jedem billigen Baumwollteil steckt nicht nur die Schufterei der unterbezahlten Textilarbeiter, sondern auch der Beitrag der summenden Insekten, von Pflanzen mit faserngefüllten Samenkapseln, von hunderten Regenwürmern, die die Erde bearbeiten.

Ich nehme dieselben Sachen heraus, die ich auch in den letzten anderthalb Wochen getragen habe. Joggingklamotten, eine Hose und drei karierte Flanellhemden, die ich abwechselnd anziehe. Dieselben Sachen, die ich im Großen und Ganzen auch sonst zu Hause anhabe. Ich habe eine Jeans, die ich wirklich liebe. In die schlüpfe ich jetzt jeden Tag. Sie ist schon ganz abgewetzt an den Knien. Die restlichen Klamotten, die 300–400 anderen Teile, trage ich so gut wie nie. Erst wenn die Pandemie wütet, entdeckt man, welche Klamotten man wirklich braucht, denke ich lächelnd. Die Seidenkleider werden als Erstes aussortiert. Das blaue, lange, von dem ich hoffte, ich könnte es mal auf irgendeiner Hochzeit tragen, das aber so fein und empfindlich ist, dass ich es bisher nie gewagt habe, es anzuziehen.

Als ich mich an den Frühstückstisch setzen will, ertönt ein lautes Ratschen. Im Laufe des Tages wird das Loch in der Jeans noch größer.

Das Puzzle hat einen Rahmen, aber das Innere fehlt noch. Mein Mann setzt sich regelmäßig hin, um ein paar neue Teile zu legen. Ich glaube, er hat mehr Spaß daran als die Kinder.

Das sehe ich seinen Fingern an, wenn er die Teile vom Tisch nimmt, sie umdreht, studiert. Vier Finger und ein Daumen an jeder Hand. Von allen Tieren auf der Erde haben nur die Primaten Hände. Und von allen Primaten hat nur der Homo Sapiens so viel mit seinen Händen erschaffen. Trotzdem nehmen wir unsere Hände als gegeben hin. Wer wären wir ohne unsere Hände? Sie sind ständig in Bewegung, wir benutzen sie für fast alles, was wir tun, und bewegen sie die ganze Zeit unbewusst. Wir fassen uns ins Gesicht, an die Nase, heben Dinge auf. Wenn es um unsere Hände geht, sind wir Menschen wie kleine Kinder, wir haben keinerlei Impulskontrolle. Wenn wir es schaffen wollen, uns nicht ins Gesicht zu fassen, müssen wir uns darauf konzentrieren, trotzdem gelingt es uns, jedenfalls den meisten von uns, nicht, plötzlich kitzelt irgendetwas an der Wange, oder eine Haarsträhne hängt in die Augen. Anscheinend schnuppern wir auch an unseren Fingern, nachdem wir anderen die Hand gegeben haben, als müssten wir deren Duft überprüfen. Kein Wunder, dass wir denkbar schlecht für diese Krise gerüstet sind.

Alle, mit denen wir sprechen, haben dieselben Fragen, in allen Gesprächen versuchen wir, Antworten zu finden, testen untereinander Hypothesen. Das ist naiv, wir haben keine Antworten, wir besitzen gar nicht die Voraussetzungen dazu, eine Meinung zu haben, und trotzdem diskutieren wir weiter. Wird es hier so werden wie in Italien, fragen wir einander, wäre es vielleicht besser gewesen, dem Virus freien Lauf zu lassen? Und was ist mit der Herdenimmunität, würde das vielleicht funktionieren, das versuchen doch auch die Schweden? Könnte man nicht einfach eine Familie nach der anderen infizieren? Und diejenigen von uns, die alles schon überstanden haben, könnte man ja einsetzen, sie könnten im Pflegebereich arbeiten, ehrenamtlich, ohne die Gefahr, jemanden anzustecken? Wir würden uns gern ehrenamtlich einsetzen, sagen wir. Und wenn die Hälfte aller Norweger einmal krank werden muss, wie lange wird das eigentlich dauern? Müssten wir dann nicht sofort das Tempo erhöhen? Aber das Gesundheitswesen muss sich erst vorbereiten, sagen wir, man will Zeit gewinnen, darum geht es wohl jetzt, Zeit zu gewinnen, damit wir eben kein zweites Italien werden.

Dafür gehen wir weit. Frauen müssen allein ihre Kinder zur Welt bringen. Personen mit Atemwegsinfektionen oder Personen, die sich in Quarantäne befinden, dürfen nicht dabei sein. Und anschließend darf niemand zu Besuch kommen, nicht mal das andere Elternteil. Die Frauen werden alleingelassen, mit all ihren Geburtstränen.

Und wir gehen auch weit, wenn ein Mensch von der Welt verschwindet. Nur die nächsten Angehörigen dürfen an der Beerdigung teilnehmen, und bei der Trauerfeier in der Kirche müssen sie Abstand halten. Am Eingang steht Desinfektionsmittel, das während der Zeremonie ausgeteilt wird. Und keiner darf dem anderen die Hand geben oder ihn umarmen. Trauernde Menschen, die schluchzend in ihren Kirchenbänken sitzen, mit Abstand. Schwarzgekleidete an Särgen, weinend, zusammen, mit Abstand. Sie wissen nicht, wohin mit ihren Armen. Und sie wissen nicht, wohin mit ihren Händen.

Es ist eine gefährliche Zeit, die Zeit, in der wir zusammen dort drinnen sitzen und atmen und unsere Tränen trocknen und vielleicht husten oder sogar niesen. Wir dürfen nicht länger einfach nur trauernde Menschen sein, denn jetzt sind wir in erster Linie Körper. Körper stellen eine Bedrohung füreinander dar. Arme, Hände, alle Gesten, mit denen wir uns trösten, sind gefährlich.

Es gibt so vieles, das sich nicht mit Wörtern reparieren lässt, mit Blicken, mit Bildern. Aber wenn uns die Worte fehlen, haben wir immer noch unsere Arme und Hände. Leid zu lindern und zu trösten, ohne den anderen zu umarmen, streicheln, tätscheln, ja sogar ohne einen warmen Händedruck, scheint unmöglich. Man hat uns das wichtigste Werkzeug im Umgang mit der Trauer weggenommen.

Denn was ist eine Beerdigungsfeier ohne das: Menschen, die sich vor der Kirche versammeln, wenn die Zeremonie vorbei ist, die einander lange an den Händen halten, die weinen und sich umarmen?

Der Tod ist der größte Stein im Garten. Den ich nicht versetzen kann. Der neben dem Apfelbaum liegt, gerade so weit entfernt, dass er immer im Weg liegt, wenn wir vorbeiwollen. Der Raum zwischen dem Baumstamm und dem Stein ist im Sommer nur schwer mit dem Rasenmäher zu erreichen, das Unkraut wuchert. Und der Trampelpfad im Gras führt in einem Bogen um den Stein herum.

Montag, 23. März

»Because of the Corona virus you have to quarantine. You have a choice. Either you can: A: quarantine with your wife and child, or B: …«

»B, I choose B.«

Wir lachen. Lachen über YouTube-Videos mit Sketchen und Witzen. Wir lachen über den Corona-Rap und über *Wo ist Walter?*-Bilder, auf denen nur vier Menschen zu sehen sind. Wir lachen über die trockenen Kommentare unserer Freunde über den Messenger, über Statusmeldungen, über Bekannte, die Bilder von sich in ungeschminktem Zustand und mit herausgewachsenen Frisuren posten, wir lachen in Kommentarfeldern und Chatgruppen, mit allen fröhlichen Emojis, die uns zur Verfügung stehen.

Dann gibt es einen weiteren Todesfall in Norwegen, und wir werden wieder ernst. 1772 Tote in Spanien. In den USA wird die Nationalgarde eingesetzt. Die Zahl der Infizierten ist allein im Staat New York schon auf 8000 gestiegen. Und die Entwicklung in England ist dramatisch.

Alle fünf Familienmitglieder erscheinen um acht zum Frühstück. Es kommt mir wie ein großer Erfolg vor. Doch der anschließende Schultag gerät zum Desaster, weil sowohl mein Mann als auch ich arbeiten müssen. Das geht nicht, denke ich, mit rasendem Puls. Das geht nicht, sage ich und versuche, mit ruhiger Stimme zu sprechen, doch es gelingt mir nicht. Der Jüngste bringt nichts zustande, ohne dass jemand neben ihm sitzt, und das können wir einfach nicht leisten.

Wie groß ist der gesammelte Verlust all des Wissens, das unseren Kindern gerade entgeht?

Das fragen wir uns gegenseitig, die ganze Zeit, alle, mit denen ich spreche, sagen, dass die Schulen wieder geöffnet werden müssen, zumindest für die Jüngsten. Und man erwartet viel von uns. Eine digitale Kompetenz, die weder die Kinder noch wir Erwachsenen besitzen. Und dann ist da auch noch dieses Mikrofon, das nicht funktioniert, es hat irgendwas mit den Einstellungen zu tun. Verdammte Einstellungen. Am liebsten würde ich das iPad gegen die Wand schleudern, würde die Lehrer auf *Teams* anschreien, dass das einfach nicht geht. Das geht nicht.

Und trotzdem habe ich heute, zum ersten Mal seit anderthalb Wochen, das Gefühl, wir würden uns einer Art Normalität annähern. Allmählich gewöhnen wir uns daran, zu fünft zu Hause zu sein.

Es ist, als wären wir auf einer Erdumsegelung. Wir sind zu fünft, bei allen Mahlzeiten, jeden Morgen und jeden Abend. Wir haben nur uns, der Rest der Welt ist über das Internet erreichbar, aber wir haben keinen physischen Zugang zu etwas anderem, nur zueinander, und unser Haus ist ein Boot. Oder eine Insel.

Ich habe schon oft öffentlich über eine der besten Eigenschaften des Menschen gesprochen: unsere Anpassungsfähigkeit. Die Politiker vergessen, habe ich gesagt, wie schnell sich die Menschen anpassen, man denke nur an das Nichtraucherschutzgesetz, alle haben sich darüber beschwert, und nach nur einer Woche hatten wir uns daran gewöhnt. Wir dürfen nicht so eine Angst vor Veränderungen haben, sagte ich, der Mensch, der Homo Sapiens, verkraftet Veränderungen extrem gut, deshalb sind wir auch die Art, die alles verändert hat.

Heute bin ich nicht mehr schockiert, als ich lese, wie sich das Virus in England und in den USA ausbreitet.

Ich weiß schon, wie es abläuft, ich habe es in China gesehen, und in Italien. Und jetzt sind wir, der Rest der Welt, auch an diesem Punkt. Es ist befreiend, dass ich so distanziert sein kann, und gleichzeitig erschreckend. Und ich habe Zeit, über alle möglichen Kleinigkeiten nachzudenken. Ich überlege zum Beispiel, wer quasi über Nacht diese ganzen Plastikbänder produziert hat, die es jetzt überall in den Läden gibt. Die überall hingeklebt werden. »HALTEN SIE ABSTAND«, steht darauf, und »DANKE FÜR IHRE RÜCKSICHTNAHME«.

Alles wird vorübergehen, all dies, und alles andere. Und alle Geschichten enden auch glücklich – für irgendjemanden. Denn wenn man genau hinsieht, gibt es in allen Geschichten jemanden, der trotz allem gestärkt aus dem Handlungsverlauf hervorgeht.

Der Pharmakonzern, der als Erstes einen Impfstoff auf den Markt bringt, ist ein Gewinner. Was ist, wenn das Virus in Wirklichkeit von einem Pharmakonzern entwickelt wurde, fragt irgendjemand. Wenn es von Menschenhand in einem Labor geschaffen wurde? Solche Verschwörungstheorien haben etwas Tröstliches an sich. Denn in diesem Fall wären es wir, die Menschen, die in Wahrheit die Fäden in der Hand halten. Wir sind das einzige Tier, das einen oder mehrere Götter erfunden hat, und wir sind das einzige Tier, das selbst ein Bedürfnis danach hat, Gott zu sein, sogar in Situationen, in denen wir die Kontrolle verlieren. Auch das ist Storytelling, im Guten wie im Schlechten.

Wir werden auf die Probe gestellt, sagen wir einander, als stünde hinter allem ein Wille. Als gäbe es jemanden, der uns auf die Probe stellt. Und als gäbe es jemanden, der bewertet, wie wir diese Probe bewältigen. Die Einzigen, die uns anschließend bewerten werden, sind wir selbst. Ob es das alles wert gewesen sein wird.

Das sind komische Tage, sagen wir einander, und bestätigen uns gegenseitig, ja, wirklich komische Tage. Und eine komische Zeit. Ja, eine wirklich komische Zeit.

Dieses Wort, *komisch,* kommt mir so klein vor. Synonyme für komisch: sonderbar, seltsam, drollig, ulkig.

Die Zeitung VG ruft an. Die Journalistin fragt, ob ich Zeit für ein Gespräch hätte. Sie würde gern wissen, was ich über das Virus denke, wie es uns meiner Meinung nach beeinflusst. Ich bitte darum, schriftlich antworten zu dürfen, brauche Zeit zum Nachdenken. Mit meiner üblichen Presseangst, nicht zu genügen, entweder zu flapsig zu sein oder zu abstrakt, nicht akademisch genug oder viel zu akademisch, mache ich mich an die Arbeit.

Ich hoffe, das Virus wird uns verändern, schreibe ich, und all die Furcht und all die Verluste, die wir erleben müssen, werden nicht umsonst gewesen sein. Ich nenne die offensichtlichen praktischen Folgen, mehr digitale Kommunikation, weniger Flugreisen, und erweitere dann die Perspektive. Ich schreibe, die Pandemie könnte uns dazu bringen, über alles nachzudenken, was uns im Leben wirklich etwas bedeutet, uns dazu bringen, aus dem Hamsterrad auszusteigen. Ich schreibe, dies sei das Frühjahr, in dem wir aufhören sollten, uns nach Unwichtigem zu sehnen, und stattdessen dankbar sein sollten für alles, was wir haben, trotz allem, und dass ich hoffe, wir würden die Dankbarkeit auch weiterhin behalten, damit sie unsere Entscheidungen formt, sowohl jene, die wir für uns selbst treffen, als auch jene, die einen Einfluss auf unsere Kinder und Enkel haben werden.

Ich schicke den Text schnell los. Anschließend bleibe ich sitzen und betrachte die Wörter, die in die Welt hinaus sollen. So wie ich das schreibe, klingt alles so einfach.

Flatten the curve. Die Kurve in Norwegen steigt rasant, während sie in China ziemlich schnell wieder abgeflacht ist. Vielleicht versagen die Demokratien im Umgang mit dem Virus. Vielleicht braucht man jetzt eine harte Hand.

Vielleicht schafft es Norwegen aber auch, mit Nachbarschaftshilfe und Vertrauen. Ich hoffe das so sehr, ich feiere unsere Nachbarschaftshilfe, obwohl ich das Wort jetzt schon nicht mehr hören kann.

Ich erhalte einen Termin für Montag, den 6. April, im brustdiagnostischen Zentrum. Das kommt mir viel zu spät vor, aber ich sollte wohl froh sein, dass ich überhaupt einen Termin bekommen habe. Ich warte, mein Leben ist ein einziges großes Wartezimmer, mit zerfledderten Zeitschriften und einem gluckernden Wasserspender in der Ecke.

Ich langweile mich, sagt der Älteste, während er den Tisch deckt. Ich langweile mich zu Tode. Er sieht mich mit offenem Blick an. Darf ich dich in den Arm nehmen, frage ich. Er nickt. Ich umarme den langen, dünnen Körper meines Sohnes, so lange er es mir erlaubt. Ich glaube, ich geh mal ein bisschen raus, sagt er dann und holt sein Handy aus der Tasche, um einen Freund anzurufen.

Wir anderen sehen fern. Inzwischen sprechen wir über die Teilnehmer der Reality-Show, als würden sie zur Familie gehören. Anschließend überreden wir die beiden Jüngeren, ins Bett zu gehen, räumen die Küche auf, machen die Wäsche, und plötzlich ist es halb zehn. Ich frage meinen Mann, ob er wisse, wo der Älteste sei. Ist er jetzt nicht schon ziemlich lange unterwegs? Stimmt schon, sagt er über dem Abwasch, versuch ihn doch mal anzurufen. Ich hole mein Handy und stelle fest, dass ich den Ton ausgestellt hatte und meine Mutter es vor einer halben Stunde bei mir versucht hat. Aber ich kann sie jetzt nicht zurückrufen. Ich rufe den Ältesten an, doch sein Telefon ist ausgeschaltet. Draußen ist es eiskalt, windig und stockdunkel. Hat er das Fahrrad genommen, fragt mein Mann. Ja, sage ich, ja, ich vermute schon, sein Helm ist ja nicht mehr da. Und er wollte mit einem Freund eine Runde drehen? Ja, bestätige ich.

Wir starten einen Rundruf. Mein Mann erreicht die Eltern des Freundes, ich stehe mit meinem eigenen Telefon in der Hand da, während ich mithöre. Vor einer Dreiviertelstunde, sagt mein Mann. Es ist eine Dreiviertelstunde her, und niemand weiß, wo er seither war? Ich warte keine Sekunde, gehe ins Schlafzimmer, ziehe einen dicken Pullover und Wollsocken an, gehe hinaus in den Flur, schlüpfe in meine Schuhe und meine Jacke. Was macht man, denke ich, was macht man als Erstes? Wenn er mit dem Fahrrad gestürzt ist, liegt er vielleicht irgendwo, und wenn er einen schweren Unfall hatte, ist er vielleicht schon in der Klinik. Wen kontaktiere ich? Das Krankenhaus? Oder die Polizei, denke ich, die wissen, was ich tun muss, und sie müssten den Überblick über Unfälle und andere Verkehrsvorkommnisse haben. Ich tippe die 112 ein, ohne anzurufen. Ich stelle mir meinen Sohn in einem Rettungswagen vor, allein, bewusstlos und auf dem Weg in eine Notaufnahme. Und dass wir ihn, wenn ihm jetzt etwas zustößt, in dieser neuen Zeit, nicht besuchen dürfen. Mein Mann spricht weiter mit dem Vater des Freundes. Ich glaube, wir würden das Angebot gerne annehmen, sagt er ernst, wir gehen auch sofort los. Dann legen sie auf. Was machen wir jetzt, frage ich. Wir müssen suchen, sagt er, die anderen werden uns helfen, aber lass uns erst noch mal herumtelefonieren, es könnte ja sein, dass er unterwegs noch jemanden getroffen hat. Ja, sage ich, natürlich. Bestimmt hat er unterwegs noch jemanden getroffen. Mein Mann ruft die Nachbarn an, fragt, ob ihr Sohn auch gerade unterwegs ist. Ich bleibe mit den Schuhen in der Hand stehen, verstehe, dass auch der Nachbarsjunge an diesem Abend draußen ist. Ja, sagt mein Mann, es wäre toll, wenn ihr ihn fragt. Danke. Dann meldet euch wieder. Er legt auf. Wir sehen uns an. Keiner von uns sagt etwas. Die Wollsocken kratzen an meinen Füßen. Vielleicht sollte ich doch bei der 112 anrufen, sage ich. Warte noch einen Moment, erwidert mein Mann. Im nächsten Moment klingelt sein Telefon.

Und tatsächlich sind die beiden zusammen unterwegs, irgendwo da draußen im Dunkeln ist unser Sohn dem Nachbarsjungen begegnet. Jungen, die im Dunkeln spazieren gehen und sich unterhalten, weil das jetzt die einzige Möglichkeit ist, miteinander Zeit zu verbringen. Ich stehe immer noch im Flur, als ich die Schritte meines Sohns auf dem Kies höre. Leicht und schnell, wie immer. Und dann geht die Tür auf. Ich umarme ihn lange, noch bevor er es überhaupt schafft, seinen Helm abzunehmen. Ist dir nicht kalt, frage ich, doch, antwortet er und hat eiskalte Finger. Dann geht er in die Küche und macht sich Abendbrot, wirkt vollkommen normal und weiß gar nicht, wie schön ihn seine Mutter in genau diesem Moment findet. Mein großer, toller Junge. Als ich einen kurzen Blick auf mein Handy werfe, um zu sehen, wie viel Uhr es ist, entdecke ich wieder den entgangenen Anruf meiner Mutter. Sie ruft sonst nie so spät an. Ich beeile mich, sie zurückzurufen. Hallo, sagt sie, ich wollte nur Bescheid sagen, dass mich das Pflegeheim angerufen hat, gerade vorhin erst, sie haben Oma ins Krankenhaus gebracht, sie hat eine Lungenentzündung, haben sie gesagt, und Atembeschwerden. Ist es Corona, frage ich, hat sie etwa Corona? Aber meine Mutter weiß nichts Genaues. Ich rufe selbst im Pflegeheim an und spreche mit der Pflegerin. Ihre Großmutter hatte Schmerzen beim Atmen, sagt sie, aber sie war das ganze Wochenende gut in Form. Ich rufe meine Mutter zurück und erzähle ihr, was die Pflegerin gesagt hat. Sie war am Wochenende noch gut in Form, erkläre ich, das wird bestimmt wieder.

Doch als ich mich hinlege, ist eine neue Form der Unruhe hinzugekommen. Nicht Oma, nicht jetzt, wo wir sie nicht mal besuchen dürfen. Arme kleine Oma, ängstlich, atemlos, allein, und ohne jede Erinnerung daran, was vor all dem war, und unfähig, die eigenen Gedanken zu ordnen.

Dienstag, 24. März

Es ist windig und kalt, bewölkt und grau. Jeder Windstoß reißt das schwarze Netz des Trampolins ein Stück mehr los. Das sieht aus wie die Dementoren, sagt der Jüngste, der am Fenster steht.

Ich finde, wir sollten das Trampolin zum Verkauf ins Netz stellen, sage ich im Bad zu meinem Mann, den Mund voller Zahncreme. Wir können es verkaufen und versuchen, ein anderes zu finden. Wir können es verkaufen, ja, sagt er, und dann schauen wir mal, ob wir wirklich ein neues brauchen.

Der ganze Vormittag vergeht, ohne dass meine Mutter jemanden im Krankenhaus erreicht. Da kommt immer nur die Durchsage, man solle es später noch einmal versuchen, sagt sie, anscheinend haben sie schrecklich viel zu tun.

Und ich muss arbeiten. Ich setze mich hinter das Steuer, starte das Auto, fahre zum Literaturhaus. Dort, in einem vollkommen leeren Raum, treffe ich einen Techniker, der gerade mit dem Aufbau beschäftigt ist. Wir wollen eine Leseprobe von dem Kinderbuch aufnehmen, das im Herbst erscheinen wird. Ich habe mir die Haare gewaschen und Make-up aufgelegt. Ich bekomme ein Mikrofon, werde in einer Ecke platziert, um vorzulesen. Für einen Moment kommt mir alles normal vor, ich bin bei der Arbeit, ich bin hundertprozentig konzentriert, genau hier, genau jetzt. Dann sehe ich das Desinfektionsmittel auf dem Tisch, sehe die Dunkelheit in allen anderen Räumen, spüre die Leere des Hauses, und bin nicht nur im Hier und Jetzt, sondern auch in allem anderen.

Erst am Nachmittag darf meine Mutter mit einem Krankenpfleger sprechen. Oma bekommt ein Antibiotikum, sagt sie, das war alles, was sie mir sagen konnten, aber nichts über ihren Zustand. Aber was ist mit Corona, frage ich. Nein, sie glauben nicht, dass es Corona ist, sagt meine Mutter. Aber haben sie denn einen Test gemacht, frage ich, wurde sie getestet. Ich weiß es nicht, antwortet meine Mutter, aber es ist wohl kein Corona, es wird schon gutgehen.

Die Ministerpräsidentin: *Die Maßnahmen werden bis Ostern verlängert und verschärft. Ab sofort dürfen sich nur noch fünf Personen gemeinsam im Freien aufhalten. Und der Abstand zueinander muss jetzt mindestens zwei Meter betragen statt bisher einen.*

Auch das Ferienhausverbot wird bis Ostern verlängert. Der Jüngste weint, als ich ihn ins Bett bringe. Er hat seinen Teddybären im Ferienhaus vergessen, als wir das letzte Mal dort waren, und jetzt wissen wir nicht, wann wir zurückkehren können. Ich möchte Chico wieder zurückhaben, sagt er, Chico gehört doch auch zur Familie. Ja, sage ich, das weiß ich, aber vielleicht können die anderen Tiere so lange aushelfen? Ich hole den Fuchs und den Hasen mit der Bäckermütze, und er drückt sie fest an sich.

Mein Mann schläft früh ein. Ich bleibe wach. Bin zusammen mit meinem Handy (mit dem ich gerade am meisten Zeit verbringe), höre Nachrichtensendungen im Radio. Ich nehme das Handy überallhin mit, wenn ich Wäsche aufhänge, die Küche aufräume, den Flur fege. Anschließend setze ich mich mit dem Handy in der Hand hin, bleibe einfach nur sitzen, ständig scrollend, ständig online. Alles, was ich den ganzen Tag über erfolgreich gemieden habe, stürzt jetzt auf mich ein. New York, wo die Kühlautos mit weißen Leichensäcken gefüllt werden, Italien, wo das Pflegepersonal rund um die Uhr arbeitet.

Ich sehe ein Ehepaar vor mir, meinen Mann und mich in zwanzig Jahren. Ich sehe unser Haus vor mir, wie wir im Garten arbeiten. Wir sind ein Paar Mitte sechzig, ziemlich glücklich, ziemlich gesund, ziemlich rüstig. Wir haben sicherheitshalber beschlossen, uns zu isolieren, wir sehen weder die Kinder noch die Enkel, aber wir haben uns. Wir plaudern über die Hecke mit den Nachbarn, davon abgesehen haben wir nur über das Internet Kontakt zur Außenwelt. Aber wir müssen ja auch einkaufen, und in der Buchhandlung vorbeischauen, wir brauchen neuen Lesestoff. Und dann, ohne dass wir verstehen, wie es passieren konnte, wird mein Mann krank. Ich sehe vor mir, wie er im Schlafzimmer liegt, sich zu isolieren versucht, wie ich ihm Essen vor die Tür stelle, doch er isst nichts. Ich nehme meinen Mut zusammen, gehe ins Zimmer und lege die Hand auf seine Stirn, überrede ihn, Fieber zu messen. Die Temperatur ist hoch, er glüht. Er habe Rückenschmerzen, sagt er, und solche Kopfschmerzen, als würde sein Körper zerrissen, als würde jemand an seinen Muskeln ziehen, an ihm zerren. Er wirft seine Decke ab. Ich öffne das Fenster, lasse die kalte Frühlingsluft ins Zimmer strömen, hoffe für einen Moment, sie könnte die Krankheit hinauswehen. Aber natürlich ist es nicht so, nichts vertreibt die Krankheit. Und schon bald beginnt er, schwerer zu atmen, zu husten. Es brennt, sagt er, in der ganzen Brust, es zerreißt mich. Ich rufe beim Ärztlichen Bereitschaftsdienst an. Erst nach langer Zeit komme ich durch. Sie bitten darum, mit ihm zu sprechen. Er versucht, ihnen seinen Zustand zu erklären, die Wörter kommen ihm nur langsam über die Lippen, dabei hat er immer so schnell geredet, war immer so geistesgegenwärtig. Anschließend wollen sie mit mir reden. Sie sagen, sie hätten keinen Platz für ihn, und weil er immer noch sprechen könne, gehöre er nicht zu den Patienten, denen es am schlechtesten gehe, und könne nicht bevorzugt behandelt werden. Zu Hause sei er besser aufgehoben, sagen sie. Dort sei er immerhin keinen Bakterien und Keimen ausgesetzt, dort könne er sich wenigstens keine weiteren Krankheiten zuziehen.

Doch sein Zustand bessert sich nicht. Ich sitze die ganze Zeit bei ihm, tupfe ihm die Stirn, versuche ihm etwas zu trinken einzuflößen. Ich habe solche Angst, flüstert er, ich weiß, sage ich, aber es geht vorbei, es wird vorbeigehen.

Ich rufe noch einmal beim Bereitschaftsdienst an, komme aber nicht durch. Also rufe ich stattdessen einen Krankenwagen. Es dauert zwei Stunden, bis sie endlich auftauchen. In voller Schutzkleidung, wie Astronauten. Ich weine vor Erleichterung, als ich sie sehe. Sie gehen nicht zu ihm hinein, werfen nur einen Blick durch die Tür. Wie alt ist er, fragen sie. 65, sage ich, er wird dieses Jahr 65. Und Sie? Ich bin genauso alt. Die Astronauten wechseln einen Blick durch ihre Schutzmasken und -brillen. Es tut uns leid, sagen sie dann, wir können ihn nicht mitnehmen, er ist zu alt. Nein, sage ich. Geben Sie ihm Paracetamol, sagen sie, senken Sie das Fieber. Reden Sie mit ihm, seien Sie für ihn da. Nein, sage ich, nein. Aber sie gehen einfach.

In der Morgendämmerung atmet er, tief und röchelnd, zum letzten Mal. Ich halte seine Hand, spüre, wie sie kalt wird, ich weine in mein Kissen, das neben seinem liegt.

Niemand kann ihn abholen, niemand hat Zeit. Sie bitten mich, die Tür zu schließen und ihn dort liegen zu lassen. Ich warte einfach nur, während ich dort draußen auf den Straßen den Sirenen der Rettungswagen lausche, und der Kirchenglocke, die läutet und läutet. Und den Signalen meines eigenen Körpers, dem steigenden Fieber.

Mittwoch, 25. März

Ich rufe in dem Krankenhaus an, wo meine Großmutter liegt, aber ich komme nicht durch und lande ständig in der Telefonzentrale der Kommune Oslo – *der Kommune,* nicht des Krankenhauses. Bis man einen richtigen Krankenpfleger erreicht, muss man anscheinend erst viele Kilometer über die Behördengänge zurücklegen. Aber ihr muss es ja gut gehen, beschwichtige ich mich. Sonst hätten wir etwas gehört.

Mein Mann und ich versuchen, uns den Tag aufzuteilen. Er arbeitet von acht bis halb eins, ich von halb eins bis fünf. Heute bin ich eine richtig gute Lehrerin, ich bewahre die Ruhe, versuche nicht, gleichzeitig noch etwas anderes zu machen. Anschließend bringe ich dem Jüngsten sogar noch bei, wie man Nudeln kocht, und wir sind beide stolz.

Doch dann, als ich selbst mit dem Arbeiten an der Reihe bin, kann ich mich nicht konzentrieren, springe von einer Aufgabe zur nächsten, lasse mich von Mails, Presseanfragen, Video-Meetings ablenken. Mir bleibt keine Zeit, wieder in größeren Bahnen zu denken. Nirgends keimen Ideen zu meinem Roman.

Meine Mutter ruft an. Auch sie probiert es die ganze Zeit im Krankenhaus und kommt nicht durch. Ich kann nicht mehr, sagt sie, ich mache einen Spaziergang. Gestern war ich im Zentrum, fährt sie fort, plötzlich ganz eifrig, ich war im Supermarkt, im Buchladen und in der Apotheke, und überall war ganz wenig los. Im Zentrum, sage ich, wir haben doch angeboten, dass wir für dich einkaufen gehen. Aber ab und zu muss ich auch mal raus, sagt sie, ich werde noch ganz verrückt davon, die ganze Zeit hier drinnen zu hocken. Ja, sage ich, das verstehe ich ja, aber du kannst trotzdem nicht in die Läden, du solltest dich nur im Freien bewegen. Ich bin auch mit dem Bus gefahren, erzählt sie, da saß kein Mensch drin, der ist doch sonst immer so voll. Mama, erwidere ich, dieses Virus kann dich umbringen. Jaja, ich weiß doch, ich weiß.

Ihr dünner Körper, die Stöcke, die sie braucht, um sich in einem normalen Tempo fortzubewegen. Erst vor Kurzem wurde Parkinson bei ihr festgestellt. Jetzt bekommt sie Medikamente, und ich habe die Hoffnung, dass sie gesund bleibt und wieder ein bisschen zunimmt, damit sie etwas robuster wird.

Die Bildungsministerin: *Die Abschlussprüfungen für die zehnjährige Grundschule fallen dieses Jahr aus.*

Die SchulApp vermeldet: »Wir haben soeben die Nachricht erhalten, dass in diesem Frühjahr alle Abschlussprüfungen der zehnten Klassen abgesagt wurden. Viele von euch werden jetzt Fragen haben, und vielleicht macht ihr euch auch Sorgen. Wir möchten euch beruhigen und so schnell wie möglich dafür sorgen, dass ihr auf alles eine Antwort bekommt. Zunächst ist es wichtig zu wissen, dass diese Absage keine Folgen für die Bewerbung an der weiterführenden Schule hat und alle Schüler trotzdem ein Zeugnis erhalten. Durch die entfallenden Prüfungen haben wir bis zu den Sommerferien mehr Zeit und können in allen Fächern auf einer breiten Grundlage Noten vergeben. Weitere Informationen werden folgen, sobald wir selbst eingehender informiert wurden, aber kontaktiert uns gern, wenn etwas unklar sein sollte.«

Jaja, sagt der Älteste. Das ist doch nicht weiter schlimm, oder? Mir schadet es glaube ich nicht, wenn wir die Prüfungen ausfallen lassen.

Im Krankenhaus geht jemand ans Telefon! Das Gespräch ist kurz, aber gut. Unsere Großmutter wird bald entlassen. Ihr Zustand habe sich verbessert, erzählt die Krankenpflegerin, und die Patientin dürfe wieder ins Pflegeheim. Ich rufe meine Mutter an, will ihr sofort Bescheid geben, erreiche sie aber nicht, wahrscheinlich ist sie gerade unterwegs. Hoffentlich nicht wieder im Zentrum.

Während ich arbeite, betrachte ich die Kiefer, die vor der Küchenveranda steht. Sie ist im Winter gewachsen, die obersten Triebe sind schon so hoch, dass sie mir allmählich die Aussicht nehmen. Ich möchte sie abschneiden, habe sie jetzt schon seit mehreren Tagen im Blick, komme aber nicht heran.

Gemeinsam mit dem Jüngsten hole ich eine Leiter aus der Garage. Stelle sie zwischen die Veranda und die Kiefer. Ist das denn sicher, fragt der Jüngste. Jaja, antworte ich. Dann nehme ich die Heckenschere in die Hand und klettere hinauf. Mama, ist das sicher, fragt er erneut. Vielleicht kannst du die Leiter festhalten, sage ich. Und er hält sie. Eigentlich will ich nur fünf

Triebe abschneiden, aber sie sitzen ganz oben, mitten auf dem Baum, und sind nur schwer zu erreichen. Mama, sagt der Jüngste, ich will die Leiter nicht länger festhalten, das ist nicht sicher. Doch, doch, erwidere ich, halte sie einfach nur gut fest. Ich gehe eine Sprosse weiter und erreiche noch zwei Triebe. Um die beiden letzten Triebe zu erreichen, muss ich allerdings nach ganz oben. Ich versuche es mit einem Fuß, wage es aber nicht, den anderen nachzuziehen. Die Leiter wackelt. Mama, mahnt der Jüngste. Ja, sage ich.

Anschließend habe ich Harz an den Händen. Es klebt den ganzen restlichen Tag daran, ein kieferndufttender Klebstoff, der kleine Textilfasern anlockt und meine Finger nach und nach mit einer Schmutzschicht überzieht.

Wir sind nichts als Körper. Das vergisst man so leicht. Jeden Tag entsteht eine neue Gefahrensituation. Wenn ich ein bisschen zu schnell die Treppe herunterrenne, um rechtzeitig ans Telefon zu kommen, das eine Etage weiter unten klingelt. Wenn mein Mann Brot schneidet. Wenn der Mittlere auf dem Trampolin springt. Wenn der Älteste im Dunkeln Rad fährt. Meine Großmutter mit der Lungenentzündung, ich mit dem Knoten in der Brust. Wir sind nie besser als unsere eigenen Körper. Und der ärztliche Bereitschaftsdienst, das Krankenhaus, die Pfleger, die Narkose, sind die ganze Zeit nur ein kleines Unglück von uns entfernt.

Wie klappt es mit dem Schreiben, fragt meine Lektorin. Nicht gerade gut, antworte ich. Ach ja, sagt sie, lass dir Zeit. Ja, sage ich, stimmt, ich muss dem Ganzen Zeit geben.

Nachdem wir das Gespräch beendet haben, bleibe ich mit dem Telefon in der Hand sitzen. Keine neuen Nachrichten in den Onlinemedien. Ich fange an, mir meine Bilder anzusehen, betrachte das letzte Foto, das ich vor Corona aufgenommen habe, eine Übersicht über Fragewörter auf Nynorsk, und das Erste, was ich danach aufgenommen habe, ist der Fernseher, in dem ein Tierfilm mit Haien läuft, und der Hinterkopf des Mittleren, der ihn sich ansieht. Der Fernsehbildschirm ist groß, die Haie sind aus der Froschperspektive gefilmt, als wären sie Vögel an einem blauen Himmel. Ich scrolle mich in der Zeit zurück. Schneebedeckte Hochebenen in den Bergen, der Schrank mit den Lebensmittelvorräten im Ferienhaus, damit wir wissen, was wir noch haben, Bilder von der Premiere eines Films, zu dem ich das Drehbuch geschrieben habe, ein vollbesetzter Kinosaal mit tausend Menschen; Videos und Fotografien von einem Besuch im Botanischen Garten, und vom Samenlager, das es dort gibt, alles Recherche für meinen nächsten Roman; noch mehr Hochebenen, Skiloipen und schneebedeckte Bäume und Nahaufnahmen von Schneekristallen und Eisformationen. Und die Kinder, natürlich, ständig tauchen sie auf mit ihren albernen Grimassen, den Kaninchenohrfingern hinter den Köpfen der anderen und ihrem pflichtschuldigen Fotoposenlächeln.

Bei einem Bild bleibe ich hängen. Mittwoch, der 22. Januar. Ich erinnere mich noch an diesen Mittwoch, erinnere mich, warum ich genau dieses Foto gemacht habe. Ich hatte den Jüngsten in die Kletterhalle begleitet, und während er dort drinnen Unterricht hatte, in einer künstlichen Landschaft aus Plastik und Glasfasern, die so weit wie möglich den steilen Berghängen ähneln soll, von denen es in der Østmarka direkt vor der Haustür eine Menge gibt, wollte ich draußen einen Spaziergang machen. Neben dem Eingang des Waldes liegt eine Sportanlage, wo an jenem Tag eine Schneekanone in vollem Betrieb lief, und daneben ein Bagger, der versuchte, den Schnee zu verteilen.

Schnee ist still. Wenn kein Wind weht, wenn es so kalt ist, dass nichts schmilzt, ist die Welt still. Aber der menschliche Schnee wird vom Brummen der Schneekanonen und dem rostigen Quietschen des Baggers begleitet. Außerdem ist es gar kein Schnee, den wir herstellen. Das können nur die Wolken. Menschen können kleine Eispartikel produzieren. Aber wir nennen es trotzdem Schnee, und das, was vom Himmel fällt, heißt inzwischen Naturschnee, als ob es dafür einen speziellen Namen bräuchte.

Ein einsamer Langläufer im engen Anzug dreht auf der kleinen weißen Fläche seine Runden, losgelöst von der Natur ringsherum. Hinter ihm ragen schwarz die Bäume auf. Ich weiß, dass ich bei dem Anblick Herzklopfen bekam. Ich zog das Telefon aus der Tasche und fotografierte ihn, den Schnee, den Bagger und die schwarzen Bäume. Dann fing ich an zu rennen, beschleunigte wie er das Tempo. Ich rannte an der Skiarena vorbei, zwang mich den Berg hinauf, nahm den Duft von Moos wahr und einen schwachen Fäulnisgeruch. Hier war nicht eine Spur von Winter zu sehen. Januar in Norwegen, und der einzige Schnee, den es gab, war der, den wir selbst hergestellt hatten. *Fight or flight,* heißt die menschliche Reaktion auf Furcht. Kämpfe oder fliehe. Und ich rannte.

In den letzten Jahren ist meine Furcht immer mehr gewachsen. Ich schlafe schlechter. Manchmal wache ich mitten in der Nacht auf. Die Bilder von der Welt da draußen, von Bränden, Orkanen und Dürre, haben sich in mein Gehirn eingebrannt. Und das passiert im Übrigen nicht nur nachts, sondern immer häufiger auch tagsüber, wenn mich die Natur daran erinnert, dass etwas schiefläuft, wie an jenem Abend im Januar.

Neben dieser Furcht empfinde ich auch eine Trauer über all das, was wir gerade verlieren. Die Trauer und die Furcht haben sich gemeinsam als eine starke Verzweiflung in meiner Brust festgesetzt, einer *Weltverzweiflung*. Und je mehr Raum diese Verzweiflung eingenommen hat, desto weniger Raum gab es für die guten Gefühle; Hoffnung, unter anderem.

Ich weiß, dass ich damit nicht allein bin. Und trotzdem hatte ich den Eindruck, diese Gefühle würden mich disqualifizieren. Für den emotionalen Wissenschaftler oder den Politiker, der Tränen in den Augen hat, bleibt in der Öffentlichkeit nicht viel Raum, und vielleicht umso weniger, wenn es sich um eine Frau handelt. Die Leute belächeln solche Emotionen, das ist übertrieben, denken sie, man muss sich doch ein bisschen beherrschen können. Und die meisten tun das ja auch – sich beherrschen. Manchmal kann man es sogar deutlich erkennen. Kompetente, furchtgetriebene Forscher, die versuchen, sich zurückzuhalten, oder die großen Worte in einem so gedämpften Tonfall hervorbringen, dass die Form stärker zum Vorschein tritt als der Inhalt.

Ich habe diesen Balanceakt schon in mehreren Interviews selbst gespürt; ich habe versucht, ruhig zu wirken, obwohl ich mir gleichzeitig gewünscht hätte, den Ernst der Lage zu betonen. Haben Sie Angst, fragten die Journalisten, und ich habe mich auf meinem Stuhl gewunden. Doch, ein bisschen schon, habe ich geantwortet, und gleichzeitig gespürt, wie unangenehm es mir war, diese Furcht einzugestehen. Und dann habe ich versucht, meine Antwort ein bisschen anzupassen. Ja, ich mache mir Gedanken. Denn Gedanken klingen besonnener als Furcht.

Eigentlich würde ich mir aber wünschen, dass wir nicht diese Scheu vor starken Worten hätten. Denn können nicht die Gefühle, selbst die schlechten, einen Wert haben, wenn sie auch für andere an Bedeutung gewinnen? Wenn sich meine Verzweiflung mit der anderer Menschen mischt, in ihr spiegelt?

Früher, wenn meine Misanthropie zu groß wurde, habe ich mich den Büchern zugewandt, die mein ganzes Arbeitszimmer füllen, und habe einfach nur da gesessen und eine Weile die Buchrücken betrachtet. Und die Bücher standen dort ganz still, natürlich waren sie still, nichts als Papier und Druckerschwärze, aber trotzdem riefen sie nach mir.

Aber jetzt spenden mir die Bücher keinen Trost mehr. Ich kann nicht einmal mehr lesen.

Wieder gehe ich auf die Seiten der Online-Zeitungen. Mehrere von ihnen haben neue Aufmacher. Ich bleibe sitzen und klicke mich durch. Wieder einmal sitze ich da, mit dem Handy in der Hand und mit offenem Mund, staunend.

Donnerstag, 26. März

Der Zustand meiner Großmutter hat sich weiter verbessert, aber trotzdem scheint alles verkehrt, und unser Homeschooling bricht zusammen. Es fehlt nur eine Kleinigkeit, ein Schrei, ein Tritt, ein Stinkefinger, ein Schimpfwort, oder das Weinen eines verzweifelten Neunjährigen, dem die ganze Streiterei zu viel wird.

Die Informationen an die Kinder, die eigentlich für uns Erwachsene gedacht sind, kommen als Meldungen auf die SchulApp, aber auch per E-Mail, und dann sollen die Kinder mit *Teams* lernen und Power-Point-Präsentationen erstellen und plötzlich auch Mails verschicken. Ich komme nicht mehr mit, und es ist mir ein Rätsel, wie die Kinder das schaffen sollen. Der Elfjährige hat drei DIN-A4-Seiten mit Anweisungen zu den Aufgaben erhalten, die er heute erledigen soll. Drei Seiten!

Als mein Mann später übernimmt, bleibe ich im Büro sitzen und atme schwer. Mein Herz rast, mir bricht der Schweiß aus. Ich bin das alles so leid, denke ich, bin dieses Zimmer so leid, die Aussicht, das Haus, in dem wir wohnen. 18 Monate, sie sagen, die Maßnahmen werden 18 Monate andauern. Aber jetzt müssen wir uns erstmal darauf konzentrieren, dass wir bis Ostern die Schule bewältigen. Noch sechs Arbeitstage. Morgen, Freitag, und nächste Woche. An Ostern will ich allerdings auch nicht denken. Ostern in der Stadt, verlassene Straßen, geschlossene Läden und lange Feiertage. In diesem Jahr wird Ostern ein einziger, sehr langer Karfreitag sein.

Ich versuche an Dinge zu denken, die mir nicht fehlen:

1. Liverpool-Spiele, von denen ich vorher nichts ahnte, und bei denen sich mein Mann vor dem Fernseher in einen brüllenden Fußballaffen verwandelt und plötzlich den ganzen Sonntagnachmittag nicht mehr ansprechbar ist.
2. Die Hobbys unserer Kinder und der damit einhergehende Fahrdienst, und all die stressigen Alltagsabendessen.

Mehr fällt mir gerade nicht ein.

In den kommenden Wochen werden wir in Norwegen 1,8 Millionen Schutzmasken und 5,2 Millionen Einweghandschuhe benötigen, heißt es. Polen beschlagnahmt Schutzausrüstung, die eigentlich nach Norwegen geliefert werden sollte. Würden wir dasselbe tun? Was ist aus dem offenen Europa geworden? Nord-Norwegen schließt die Grenzen nach Süden. Trotz allem verhalten wir uns in erster Linie unserem eigenen Land und unseren Mitmenschen gegenüber loyal.

Vielleicht sind Loyalität und Empathie wie Kreise, die andere einbeziehen. Je besser es uns geht, desto größer ist unsere Loyalität gegenüber anderen. Je besser es uns geht, desto mehr anderen Menschen gehört unsere Empathie. Aber jetzt, wo es uns schlechtgeht, wo wir Angst haben, sind unsere Kreise nicht viel größer als Hula-Hoop-Reifen.

Die meisten vertrauen ihrer Regierung. Die Loyalität gegenüber den Volksvertretern ist hier genauso groß wie in Schweden, das jetzt eine Außenseiterrolle einnimmt. Jedes Land ist eine Unfallstelle, jemand übernimmt das Kommando, delegiert, sagt, du musst das

Warndreieck aufstellen und den entgegenkommenden Verkehr aufhalten, du musst eine Decke finden, du musst Erste Hilfe leisten; und alle sind dankbar für die Anweisungen und folgen blind. Keiner stellt die Eignung und Kompetenz des Anführers infrage, das geschieht erst im Nachhinein.

Das ist wie ein Krieg, schreibt eine Freundin, meine neunzigjährigen Großeltern sagen, die Stimmung würde sie an den Krieg erinnern.

Ich bin bedrückt und dünnhäutig, und ich weine. Ich war schon immer nah am Wasser gebaut, und es wird mit jedem Jahr schlimmer. Ich wage mir gar nicht vorzustellen, wie ich mit achtzig sein werde. Ich bin eine, die auf dem 17. Mai-Umzug heult, wenn sie den Knabenchor hört, bei allem, was in irgendeiner Weise mit Geburten zusammenhängt, über Kinderweihnachtsfeiern und Dreijährige in Lucia-Kostümen, die eine elektrische Kerze halten. Jetzt weine ich, weil ich *Se ilden lyse* sehe, *Sieh das Feuer leuchten,* ein Video des Norwegischen Theaters, in dem alle Schauspieler von zu Hause aus arbeiten, und ich weine über die britische Familie Marsh, die *One day more* aus *Les Misérables* mit Corona-Text singt.

Gestern habe ich sogar bewusst einen Gefühlsausbruch herbeigeführt. Ich habe im Auto auf dem Supermarktparkplatz gesessen und die sentimentalsten Lieder gehört, die ich im Radio finden konnte. Ich war den ganzen Tag in diesem Modus, habe mich den Tränen hingegeben, als bräuchte ich selbst einen Beweis dafür, wie zerrissen und zerbrechlich ich mich fühle.

Doch dann ruft eine Freundin an. Wir sprechen lange miteinander, erst allgemein über den großen Ernst, mit dem wir jetzt alle leben müssen, dann aber grenzen wir das Gespräch immer mehr ein, wie der Zoom einer Kamera, wo immer kleinere Details in den Fokus rücken, wir bei den kleinen Dingen verweilen, die unseren Alltag jetzt bestimmen. Und anschließend mache ich einen langen Spaziergang mit einer anderen Freundin, und mit jedem Meter, den wir zurücklegen, bewegt sich auch dieses Gespräch immer mehr in dieselbe Richtung wie mein vorheriges Telefonat. Wir beginnen beim Ernst, aus der Vogelperspektive, bei *Wet Markets* und der Globalisierung, und enden bei den Nahaufnahmen von Hausarbeit und Videokonferenz-Ermüdung. Je kleiner wir unsere Linse stellen, desto mehr lachen wir.

Freitag, 27. März

Ich schlafe acht Stunden am Stück und fühle mich leichter, als ich aufwache. Freundinnen und Schlaf, denke ich, Freundinnen und Schlaf.

Mir fallen weitere Dinge ein, die ich nicht vermisse:

1. Auf einer Bühne zu sitzen und über meine eigenen Bücher zu sprechen, während ich versuche, witzig, warmherzig und zugleich engagiert zu sein, und nicht zu vergessen, ins Publikum zu schauen, im richtigen Moment zu lächeln und wieder ernst zu sein, und nicht zu flapsig, und gleichzeitig nicht zu viele Fremdwörter zu benutzen, damit mir alle folgen können, und mich nicht zu einfach auszudrücken, damit ich nicht dumm wirke.
2. Bewertet zu werden.
3. Meinen Koffer zu packen.
4. Mir zu überlegen, was ich anziehen soll.
5. Am frühen Morgen in Stress zu geraten, um rechtzeitig etwas zu schaffen.
6. Rechtzeitig etwas zu schaffen, ganz allgemein.

Allmählich überlege ich, ob das Leben nach einer Art Jeden-zweiten-Tag-Prinzip abläuft. Die beiden Jüngeren wechseln sich immer tageweise damit ab, bockig zu sein, sodass immer einer fröhlich und einer wütend ist. Und ich werde jeden zweiten Tag von Furcht gepackt und schlafe jede zweite Nacht schlecht.

Ich wechsle Mails mit meinen Verlegerinnen in den USA, in Deutschland und Italien. Mir fällt auf, wie ähnlich sie antworten. Ich hatte großes Glück, schreiben sie, ich kenne niemanden, der erkrankt ist, und mir geht es gut. Und alle benutzen das Wort Dankbarkeit. Ich bin dankbar, weil ich hinausgehen kann, dankbar für meine Familie, dankbar, weil ich nicht allein bin, weil wir alle gesund sind, weil ich meine Arbeit behalten darf. Sie schreiben über die Natur. Es ist so still, schreiben sie, es grünt und blüht, es ist Frühling, schreibt meine italienische Verlegerin, die Stadt ist ein magischer, geheimer Ort, das Wasser ist so sauber (nein, das sind keine Fake News), und zwischen den Pflastersteinen wächst Gras. Die Vögel haben die leeren Plätze eingenommen, breiten sich mit ihrer ganzen Flügelspannweite aus.

Entkoppelung, das kann so vieles bedeuten. In einer Halle aus Glasfasern klettern, wenn der Wald direkt vor der Tür liegt, auf Skiern immer auf demselben kleinen Stück Kunstschnee hin- und herfahren, direkt neben demselben leeren Wald, in Landschaften aus Beton, Stein und Asphalt leben und in den Himmel hinaufsehen müssen, um einen kleinen Ausschnitt von etwas anderem zu sehen als der menschlichen Welt. Aber die Kaffeetasse aus Keramik auf dem Tisch, der Pullover, den ich trage, das Plastik meiner Computertastatur, all das kommt irgendwoher, alles ist Erde.

Das, was dramatisch schmelzende Gletscher und Waldbrände von riesigem Ausmaß nicht schaffen konnten, ist jetzt vielleicht einem unsichtbaren Virus gelungen; es hat uns daran erinnert, dass *wir* mit der Welt zusammenhängen, dass alles mit allem zusammenhängt. Und jetzt lässt sich die Symbolik des Virus unmöglich übersehen. Wäre dies ein Roman, käme sie einem fast zu offensichtlich vor, zu einfach. Wir haben unsere Erde so viele Jahre lang ausgebeutet. Die Globalisierung und das ewige Wachstum waren ein siamesisches Zwillingspaar, das eine konnte nicht ohne das andere existieren. Jetzt versucht die Erde selbst, Mutter Erde, den einen Zwilling vom anderen loszuschneiden, und vielleicht wird keiner von ihnen die Operation überleben. Die Erde, unsere Mutter, ist brutal und schonungslos, aber trotz allem die einzige Mutter, die wir haben.

Ich habe den Klimawandel einmal mit einem Meteoriten verglichen. Stellt euch vor, wir würden morgen zu der Nachricht erwachen, ein Meteorit steuere auf die Erde zu, sagte ich. Er bewegt sich mit einer irrsinnigen Geschwindigkeit voran, und die Wissenschaftler haben ausgerechnet, dass er innerhalb eines Menschenalters auf unserem Planeten einschlägt. Er wird sofort das Eis an den Polen zum Schmelzen bringen und den Meeresspiegel um bis zu zwei Meter ansteigen lassen. Er wird 500 Millionen Menschen in die Flucht zwingen, das Gebiet um den Äquator unbewohnbar machen und die Artenvielfalt auf einen Bruchteil reduzieren. Er wird die normalen Wetterlagen, an deren Stabilität wir uns gewöhnt haben, außer Kraft setzen und zu Extremwetter jeder Art führen: Zyklonen, Taifunen, Orkanen, intensiven Hitzewellen, Hagelschauern mit eiergroßen Körnern. Unser Planet wird nicht wiederzuerkennen sein. Diese Nachricht wird natürlich Panik auslösen. Auf der ganzen Welt verbreitet sich Angst. Menschen versammeln sich, weinen, umarmen und trösten sich, hamstern, flüchten, obwohl es gar keine Fluchtorte mehr gibt, die Hälfte aller

Norweger zieht in ihre Ferienhäuser. Doch die Wissenschaftler beruhigen uns. Es gibt nämlich auch eine gute Nachricht: Uns bleiben neun Jahre, um die Flugbahn des Meteoriten zu ändern. Das wird uns einen enormen Einsatz abverlangen, wir müssen alles andere hintanstellen, und es setzt voraus, dass wir besser denn je zusammenarbeiten. Aber es ist möglich, innerhalb dieser neun Jahre. Die Menschen hören auf zu weinen, die Spitzenpolitiker stellen sich an ihre Rednerpulte und sprechen voller Ernst und Inbrunst zu uns. Wir werden das schaffen, sagen sie. Wir Menschen haben schon ganz andere Dinge geschafft. Und natürlich werden wir auch das schaffen.

Wäre der Klimawandel ein Meteorit, würden wir handeln – so habe ich argumentiert. Schade, dass ich kein Virus als Beispiel benutzt habe. Wenn der Klimawandel ein Virus wäre, würden wir handeln, würden all die kleinen Details vergessen, die wir sonst immer als Vorwand dagegen vorgebracht haben, endlich etwas zu unternehmen. Das hier muss alles verändern, denke ich. Anschließend, wenn alles vorbei ist, können wir nicht so weitermachen wie vorher. Das können wir doch nicht?

Doch. Wir können genauso weitermachen wie vorher, unsere alten Fehler durch neue Fehler ersetzen. Das ist leicht, und wir können es gut. Unsere Lernfähigkeit ist so begrenzt.

Darwin, denke ich, nie kommt man um Darwin herum. Was hätte er gesagt? Dass dies eine Geschichte über die Evolution ist?

Evolutionieren, das müsste ein Wort sein, wir evolutionieren uns in den Abgrund.

Das Telefon klingelt, es ist meine Mutter. Meine Großmutter hat kein Corona, sie wurde wieder ins Pflegeheim verlegt, erzählt sie. Wie gut, sage ich, das sind doch schöne Neuigkeiten! Ich weiß nicht, sagt meine Mutter, sie sagen, es gehe ihr nicht gut. Sie isst fast nichts, ist kurzatmig und schwach. Ich glaube, sie wird bald sterben, ich glaube, wir müssen uns darauf vorbereiten.

Ich rufe im Pflegeheim an. Ja, Ihrer Großmutter geht es nicht gut, sagen sie, aber heute hat sie eine halbe Frikadelle zu Mittag gegessen. Eine halbe Frikadelle, das ist doch schön, sage ich, immerhin etwas, oder? Doch, schon, antwortet die Pflegerin zögerlich und verstummt schließlich ganz, und dann kann ich nicht mehr an mich halten. Ich habe solche Angst, dass meine Großmutter stirbt, sage ich, ohne dass wir sie besuchen konnten, dass sie jetzt sterben wird, in der Corona-Zeit. Das verstehe ich, sagt die Pflegerin, aber wenn sich ihr Zustand stark verschlechtert, dürfen Sie trotzdem kommen. Ihre Stimme klingt heller, als wollte sie mir ein Lächeln vermitteln. Und sie isst und trinkt ja etwas, sagt die Pflegerin, deshalb müssen wir von Tag zu Tag entscheiden, aber für den Moment wird es schon gutgehen. Ja, sage ich und beschließe, dass es gutgehen wird.

Ich schreibe wieder. Endlich kann ich so schreiben, wie ich es gewohnt bin, wie ich immer schreibe. Das Dokument mit dem angefangenen Roman darf allerdings noch ruhen. Aber ich öffne das Theaterstück, tauche in den Text hinein. Ich schreibe auf Nynorsk, und in einer Sprache zu schreiben, die nicht meine eigene ist, erzeugt eine zusätzliche Schicht im Text. Ich bin gezwungen, mich auf zwei verschiedene Ebenen zu konzentrieren, die der Handlung, und die der Sprache und Grammatik. Der Text hält mich gefangen. Für mehrere Stunden bin ich an einem ganz anderen Ort, auf einer Theaterbühne, in Erlebnissen, die irgendwann einmal einem Publikum vermittelt werden, das irgendwann einmal wieder versammelt sein wird, dicht an dicht, mit nur wenigen Zentimetern Abstand zwischen sich.

Irgendwann einmal werden wir uns wieder versammeln. Und es wird nicht nur ein einziges Mal sein, sondern tausende Male, Millionen, Milliarden, so wie wir uns schon immer versammelt haben, in Erzählungen und beim Erleben von Kunst. Um Lagerfeuer, auf Konzerten, in Kinosälen und Theaterräumen, im engen Kontakt mit fremden Menschen, Körpern, anderer

Leute Schweiß und Tränen, in unmittelbarer Nähe ihres gesamten Reaktionsspektrums. Lachen, Seufzen, Raunen, Hin- und Herrutschen auf den Plätzen. Als Ausdruck von Langeweile oder Freude. Und dann die ganzen winzigen Geräusche, die ein Mensch von sich gibt, indem er einfach nur da ist, seufzen, schlucken, atmen.

Ich spreche mit meinem Vater und meiner Bonusmutter. Wie geht es euch, frage ich. (Immer dieselbe Frage: Wie geht es euch.) Jaja, antworten sie, es geht schon, ein bisschen einsam sind wir natürlich, aber wir kümmern uns um den Garten, legen uns ins Zeug. Denkst du an Griechenland, frage ich meinen Vater. Nein, nein, sagt er, alles in Ordnung, unter den gegebenen Umständen ist das ja wirklich nicht wichtig. Vielleicht können wir zu euch rausfahren, schlage ich vor, vielleicht können wir spazieren gehen, mit Abstand? Ja, antworten sie, ja! Aber wir müssen vorsichtig sein, ermahnen wir uns, wir müssen Abstand halten. Mit euch geht das viel leichter, sagt meine Bonusmutter, weil die Jungs schon so groß sind, mit euch geht das leichter als mit den ganz Kleinen, ich weiß nicht, ob ich mich von den Kleinen fernhalten kann.

Hast du gesehen, dass die VG jetzt wieder Promi-Nachrichten bringt, fragt mein Mann. Vielleicht sehnen sich die Leute allmählich nach etwas anderem? Promi-Nachrichten! Mir war nicht bewusst gewesen, dass ich die Promi-Nachrichten vermisst hatte.

Nach dem Abendessen gehe ich in den Garten. Ich nehme mein Handy und die Kopfhörer mit. Schalte die Nachrichten ein. Aber die Stimme von Sylvie Listhaug von der Fremskrittspartiet gellt mir in den Ohren. Ich stelle die Sendung aus und lege das Telefon beiseite. Ausnahmsweise ist es windstill, und die Amseln singen wie wahnsinnig in den Bäumen hinter dem Haus. Ich höre lieber euch zu, denke ich.

Ich fange an, Steine wegzuschleppen. Hieve sie auf die Schubkarre und schiebe sie zum Hang unterhalb der Terrasse, wo ich sie wieder heraushebe. Ich bedecke den Hang mit Zeitungen, um das Unkraut zu ersticken, und lege die Steine darauf. Dicht an dicht. Einige Steine sind so schwer, dass ich sie kaum anheben kann. Aber ich tue es trotzdem.

Einmal geht es beinahe schief, der Stein ist so schwer, ich verliere für einen Moment das Gleichgewicht, finde es wieder, aber der Stein entgleitet mir, fällt, rollt den Hang hinab, nur ein paar Millimeter von meinem rechten Fuß entfernt.

Ich versetze Steine, die schon lange dort liegen, und immer, wenn ich einen anhebe, kommt darunter die nackte Erde zum Vorschein. Erde voll wimmelnden Lebens, Regenwürmer und kleine Käfer. Und die Vögel singen so lange, bis es dunkel ist. Ich bin nicht allein.

Furcht und Dankbarkeit. Das sind zwei parallele Flüsse, die in mir fließen, der eine reißend, der andere sanft. Manchmal treffen sie aufeinander, und dann droht der eine den anderen zu verschlingen.

Wir sehen einen Film gemeinsam mit dem Fünfzehnjährigen. Er hätte gern *The Grand Budapest Hotel* gesehen, aber mein Mann und ich bestehen auf *Rushmore,* den wir für besser halten. Anschließend erzählen wir begeistert und im Chor, wie wir den Film 1998 im Kino sahen und den Regisseur Wes Anderson vor dem Rest der Welt entdeckten, oder jedenfalls vor allen anderen Norwegern. Falls wir unseren Sohn damit beeindrucken, kann er es gut verbergen. Vermutlich hätten wir genauso gut vom Sofa springen und rufen können: Wir waren auch mal cool.

Irgendwann einmal, vor all dem hier, waren wir cool. Vor allem im anderen Sinne des Wortes. Sorglose Kinder der Achtziger, junge Erwachsene in den unschuldigen Neunzigern. Wir hatten alles, wir konnten es uns erlauben, an nichts anderes zu denken als die Frage, wie wir Wes Anderson fanden, was unser Lieblingsfilm von Woody Allen war (*Hannah und ihre Schwestern,* das war viele Jahre vor #meetoo), ob *Die unerträgliche Leichtigkeit des Seins* als Buch oder als Film besser war, ob es sich lohnte, Irving zu lesen, wo wir am Wochenende ausgehen wollten, ob wir es uns leisten konnten, ins Restaurant zu gehen, ob wir im Sommer das Roskilde-Festival besuchen sollten oder lieber Interrail machten. Oder vielleicht beides.

Der Älteste lacht den ganzen Film über. Er lacht über genau dieselben Szenen wie wir damals, als wir *Rushmore* zum ersten Mal im kleinen Saal im Eldorado Kino sahen. Ich muss unbedingt mehr von Wes Anderson sehen, sagt er, als er ins Bad geht, um sich die Zähne zu putzen, morgen werde ich mir *The Royal Tenenbaums* ansehen.

Mein Mann geht ins Bett. Eigentlich hatte ich dasselbe vor, aber auf der Kommode im Flur liegt das Handy. Ich halte inne, zögere, und dann greife ich danach.

Die Tür zum Schlafzimmer steht offen, der tiefe und regelmäßige Atem des Schlafenden dringt zu mir hinaus. Ich bleibe im Wohnzimmer sitzen, wo die Heizung schon im Nachtmodus ist und die Luft allmählich kalt wird. Ich habe eine Affäre mit Corona, das ist wie ein Seitensprung, ein destruktives, heimliches Verhältnis, ich sitze hier im Dunkeln, und nur das Display erhellt mein Gesicht, ich bin völlig übermüdet, mein Mann liegt dort drinnen im Bett und schläft, aber ich verbringe all meine Zeit mit der Pandemie, nicht einmal nachts kann ich mich davon losreißen. Den Zahlen zu folgen, von Tag zu Tag, der Entwicklung zu folgen, zu sehen, welche Länder unter dem Virus zusammenbrechen und welche sich tapfer schlagen, Artikel über die Fortschritte bei der Entwicklung eines Impfstoffs zu lesen, den Mangel an Schutzkleidung, über gute und schlechte Vorbereitung – all das, so muss ich mir selbst eingestehen, kann auch extrem spannend sein.

Samstag, 28. März

Meine Mutter spricht mit dem Pflegeheim. Meiner Großmutter geht es besser. Sie isst und trinkt. Sie ist zäh, sagt meine Mutter. Es wird auch diesmal gutgehen, es wird gutgehen, und jetzt wage ich es, wirklich daran zu glauben.

Ich betrachte mein Haar im Spiegel. Am Freitag, den 13. März, hätte ich einen Termin zum Färben gehabt. Immer mehr graue Haare kommen zum Vorschein. Aber ich werde mein Haar nicht färben, denke ich, denn ein herausgewachsener Haaransatz ist beinahe zu einem Symbol des Zusammenhalts geworden.

Herauswachsen. Etwas wächst heraus, etwas anderes wächst nach, kommt zum Vorschein. So wie in der Natur, wo sich die Pflanzen die ganze Zeit ergänzen, Lücken bilden, Lücken ausfüllen, neue Räume erobern und Löcher in der Landschaft reparieren, so wie ein Kahlschlag im Wald eine Bühne für neues Leben bereitstellt, denn wenn die dunklen Nadelbäume verschwinden, entsteht Platz für all die kleinen Pflanzen, für zarte Triebe von Espe, Esche und Birke, für Leberblümchen und Buschwindröschen, für alles, was früher nicht da war.

Ich lese von Fortschritten bei der Entwicklung eines Impfstoffs. Ich versuche mir den Tag vorzustellen, an dem es so weit ist. Aus irgendeinem Grund stelle ich mir vor, ich wäre im Garten. Ich stelle mir vor, es wäre Frühling, Mai, noch weiß ich nicht, dass es im Mai keinen Impfstoff geben wird. Aber der Mai nächsten Jahres, das wäre noch so weit weg? Ich stelle mir vor, wie ich das, was ich gerade in den Händen halte (es sei denn, es ist das Handy), fallen lasse und ins Haus renne. Dort steht mein Mann, und ich umarme ihn stürmisch. Hast du das gelesen, frage ich und zeige es ihm, guck mal hier, sie haben einen Impfstoff entwickelt, es gibt einen Impfstoff. Und dann kommen die Kinder dazu. Und sie rufen, ein Impfstoff, ist das wahr, ein Impfstoff? Und wir liegen uns in den Armen und lachen, und ich weine sicher auch, weil ich das ja sowieso die ganze Zeit mache.

Die Nachricht eines Impfstoffs: Vielleicht wird sie zu unserem 8. Mai des Coronavirus. Und vielleicht stelle ich mir deshalb vor, es wäre dann Frühling.

Das Haus ist verdreckt, wir müssen putzen. Ich kann alle mit ins Boot holen, wir verteilen Aufgaben. Der Protest hält sich in Grenzen. Anschließend gehe ich in den Garten und stelle vier neue Hochbeete auf. Lege den Boden mit Zeitungen und Gartenabfällen aus. Mein Mann macht einen Großeinkauf. Die Stunden vergehen. Ich lese keine Nachrichten, sondern mache allein eine Fahrradtour.

Ich verlasse das Haus, die Straße, rolle die Berge hinab, auf die großen Autobahnkreuze zu, und fühle mich wie auf einer Expedition. Es sind fast keine Autos unterwegs, und der Himmel ist weit und blau. Neben der großen vierspurigen Straße liegt ein Friedhof und auf der anderen Seite Hochhäuser, umgeben von großen, offenen Rasenflächen und Beeten, wo die ersten Blumen aus dem Boden sprießen. Ich radle ziemlich langsam und entdecke plötzlich, wie sich dort etwas bewegt. Rotbraunes Fell auf einem Blumenbeet. Und dann, mitten über den Rasen, in Richtung Straße, ein Reh. Es überquert alle vier Spuren, springt schnell und unerschrocken auf seinen langen Beinen. Ich mache eine Vollbremsung, schaffe es aber nicht rechtzeitig, mein Handy zu zücken. Das Reh ist längst an mir vorbei. Es verschwindet auf dem Friedhof zwischen den Grabsteinen.

Am Abend sieht die ganze Familie noch eine Folge der Reality-Show, wir nähern uns dem Finale. Danach bin ich mit meinen Freundinnen auf Zoom zum Weintrinken verabredet. Ihre Stimmen sind kaum verzögert, und sie sehen aus wie immer.

Anschließend bleibe ich sitzen und blättere in meinen Tagebuchnotizen, lese, was ich geschrieben habe. Ich habe so oft in meinen Romanen versucht, Verletzlichkeit zu beschreiben, die persönliche und die kollektive. Dabei habe ich vielleicht nie gewusst, worin die kollektive Verletzlichkeit genau besteht. Und die Tage vergehen so schnell, auch diese Tage. Die Verletzlichkeit der ersten Tage kommt mir inzwischen schon wie etwas vor, von dem ich mich entferne, vielleicht gewöhne ich mich auch daran. Als ich mit dem Schreiben anfing, erschien es mir notwendig, diese kollektive Verletzlichkeit zu kondensieren, den Schock in Erinnerung zu behalten. Vielleicht war das gar nicht nötig, vielleicht war das Schreiben nur ein Filter für mich, um eine Distanz zwischen mir und dem Erlebten zu schaffen. Statt etwas zu erleben, war ich Teil einer *Handlung,* einer *Geschichte,* reduziert auf *Sätze, Syntax, Zeichensetzung.*

Die Dramaturgie dieser Erzählung: Ich fing in der Krise damit an, war von ihr gefesselt, aber ich habe mich schon weit bewegt. Das ist jetzt mein Alltag. Ich vertrage die Krise besser, sie trifft mich nicht mehr so schwer, ich werde allmählich immun. Meine Weltverzweiflung wurde durch ein Gefühl von Verwunderung ergänzt. Und vielleicht bleibt jetzt sogar mehr Raum für Hoffnung.

Sonntag, 29. März

Die Sommerzeit hat begonnen, und wir haben eine Stunde verloren. Wir treffen meinen Vater und meine Bonusmutter auf einem Parkplatz, viel später, als wir es geplant hatten. Wir stehen uns gegenüber, im Abstand von zwei Metern, und wissen nicht, wohin mit unseren Händen. Der Jüngste will auf die Großeltern zustürmen und sie umarmen, bremst sich aber rechtzeitig. Für einen kurzen Augenblick ist er den Tränen nah und vergräbt seinen Kopf in der Jacke meines Mannes. Das ist so seltsam, sagt mein Vater, wirklich seltsam.

Wir machen einen Spaziergang am Meer entlang. Die Sonne scheint, das Wasser glitzert, wir entdecken Leberblümchen an den Hängen, und am Strand finden der Jüngste und ich eine Muschel, die eine perfekte Herzform bildet. Wir machen das Herzzeichen, *Dein Herz ist mein Herz*. Die Natur ist hier, denke ich, die ganze Zeit.

Wir gehen weiter, setzen uns an einen windstillen Hang, mit sicherem Abstand zwischen ihnen und uns, und essen unsere mitgebrachten Brote, ohne miteinander zu teilen.

Anschließend zeigt mein Vater uns einen alten Kalkofen. Er ragt über unseren Köpfen auf, ein großer, dicker Schornstein aus gestapelten Natursteinen. Hier haben sie früher Kalk gebrannt, erklärt er, der wurde als Bindemittel beim Bau verwendet, so ähnlich wie Zement. So was haben die Menschen früher gemacht.

Ich freue mich auf Montag. Freue mich darauf, wieder zu schreiben, mein Theaterstück fortzusetzen. Ich merke, dass ich schon angefangen habe, auf Nynorsk zu denken, ich freue mich auf die Arbeit mit der zusätzlichen Konzentration, die mir die andere Sprache abverlangt. Wir fahren Richtung Oslo, mit der Sonne im Rücken, sie scheint durch die Heckscheibe und verleiht den Kindern einen Heiligenschein. Sie sind still, alle drei. Ich lege die Hand auf den Oberschenkel meines Mannes. Er drückt sie. Ist etwas, fragt er. Nein, sage ich, es ist nichts.

Kaum sind wir zur Tür hinein, trudelt ein Video von meiner Schwägerin in den Familienchat. Der kleinste Zwilling hat Laufen gelernt. Sie hat seine allerersten Schritte gefilmt. Er läuft! Kurze, entschlossene Schritte, während seine Eltern den älteren Zwilling zurückhalten, damit er seinen Bruder nicht umreißt. Ich schreibe den Namen des Jungen ins Chatfenster, setze eine Menge Ausrufezeichen und drei Herzen dahinter. Zur gleichen Zeit telefonieren mein Bruder und meine Bonusmutter über Facetime. Ein Gesicht nach dem anderen taucht auf dem Bildschirm auf. Meine andere Schwägerin, die gerade mit meinem Bruder Autofahren geübt und erfolgreich eingeparkt hat – es ist so viel leichter jetzt, sagt er, die Straßen sind so leer wie nach der Apokalypse –, und die Mutter der Zwillinge, mein Mann und der Jüngste, die im zweiten Stock sitzen, und dann wieder meine Bonusmutter, die sich kurz ausklinken und ein paar Tränen vergießen musste. Und dann ist der kleinste Zwilling wieder da, er hat eine Schramme auf der Nase nach seinem ersten Fall als Fußgänger, aber trotzdem lächelt er den Bildschirm und uns an.

Nach dem Essen gehe ich hinaus, um das kaputte Trampolin abzubauen. Die Luft ist kalt, wenn man keine Handschuhe trägt. Ich schaffe es, das Netz herunterzuholen, aber noch bevor ich mit dem Sprungtuch anfangen kann, sind meine Finger steifgefroren. Ich öffne die Verandatür und rufe nach meinem Mann. Ich kann nicht mehr, rufe ich, ich stelle es sofort zum Verkauf rein, für einen niedrigen Preis, wenn es jemand selbst abbaut. Schlau, sagt er und kommt zu mir, sehr schlau. Ich bleibe eine Weile stehen, dann fällt mir etwas auf. Wir haben uns seit dem 12. März nicht mehr gestritten, sage ich leise, nur zu ihm, kann das sein? Stimmt, sagt er, das haben wir wohl wirklich nicht.

Die beiden Jüngeren lesen auf dem Sofa Donald-Duck-Hefte, jeder sitzt an seinem Ende und ist tief in die Geschichte versunken. Nach unserem Nachmittag am See haben sie rote Backen. Der Älteste hat seine Zeichensachen hervorgeholt und sich am Küchentisch eingerichtet. Der Tisch ist abgeräumt, die Küche sauber, mein Mann holt die Zeitungen von gestern und macht es sich im Sessel bequem. Tschüss, rufe ich, ich bin gleich wieder zurück. Tschüss, murmeln die vier aus ihren jeweiligen Ecken.

Doch anstatt weiter mit dem kaputten Trampolin im Garten zu kämpfen, mache ich noch einen Spaziergang und lasse mein Handy zu Hause liegen. Ich weiß noch nicht, dass ich morgen ins Pflegeheim gerufen werde, weil sich der Zustand meiner Großmutter dramatisch verschlechtert hat, ich weiß noch nicht, was aus meinem eigenen Arzttermin wird und ob mir der Knoten in meiner Brust Sorge bereiten müsste, ich weiß noch nicht, wie es all den Kindern geht, von denen die Welt nichts mehr hört. Ich weiß noch nichts über New York, Moria, Brasilien; wie es uns allen ergehen wird.

Ich gehe einfach nur weiter, mit kurzen, entschlossenen Schritten, an diesem Abend, der plötzlich so hell geworden ist.

Die Originalausgabe erschien 2020 unter dem Titel »De første dagene« bei H. Aschehoug & Co., Oslo.

MIX
Papier aus verantwortungsvollen Quellen
FSC® C014889

Verlagsgruppe Random House FSC® N001967

1. Auflage

Neumarkter Straße 28, 81673 München
Satz: Uhl + Massopust, Aalen
Druck und Einband: Friedrich Pustet, Regensburg
Covergestaltung: semper smile, München
Covermotiv: © plainpicture/Thomas Günther,
© Shutterstock/Vadim Georgiev; aaltair; haraldmuc
Printed in Germany
ISBN 978-3-442-77097-7

www.btb-verlag.de
www.facebookcom/btbverlag